清馨民国风

清馨民国风

动物情愫

梁启超　胡适等著

孙立明编

首都经济贸易大学出版社

Capital University of Economics and Business Press

图书在版编目(CIP)数据

　　动物情愫/梁启超,胡适等著;孙立明编. —北京:首都经济贸易大学出版社,2016.1

　　(清馨民国风)

　　ISBN 978 - 7 - 5638 - 2436 - 6

　　Ⅰ.①动…　Ⅱ.①梁…　②胡…　③孙…　Ⅲ.①散文集—中国—现代　Ⅳ.①I266

　　中国版本图书馆 CIP 数据核字(2015)第 241248 号

动物情愫

梁启超　胡适　等著　孙立明　编

Dongwu Qingsu

出版发行	首都经济贸易大学出版社	
地　　址	北京市朝阳区红庙（邮编100026）	
电　　话	(010)65976483　65065761　65071505(传真)	
网　　址	http://www.sjmcb.com	
E - mail	publish@cueb.edu.cn	
经　　销	全国新华书店	
照　　排	首都经济贸易大学出版社激光照排服务部	
印　　刷	北京市泰锐印刷有限责任公司	
开　　本	880 毫米×1230 毫米　1/32	
字　　数	217 千字	
印　　张	8.5	
版　　次	2016 年 1 月第 1 版　2016 年 1 月第 1 次印刷	
书　　号	ISBN 978 - 7 - 5638 - 2436 - 6/I・40	
定　　价	26.00 元	

图书印装若有质量问题,本社负责调换

前　言

　　这本书中的几十篇文字，都曾刊载于民国时期的出版物。其中一些篇目，近二三十年中曾经从繁体字变为简体字，或多或少为今人所知；但更多的篇目，似乎一直以繁体字竖排的形式，掩隐在岁月的尘埃中，直到我们发现或找到它们，再把它们转换为简体字，以现在这套"清馨民国风"丛书为载体，呈献给当今的读者。

　　收入这套"清馨民国风"丛书的数百篇民国时期的文字，堪称历史影像，也可以说是情景回放。它们栩栩如生、有血有肉，是近200位民国学人的集中亮相，也是他们经历、思考与感悟的原味展示——围绕读书与修养、成长与见闻、做人与做事、生活与情趣，娓娓道来。透过这些文字，我们既可以领略众多民国学人迥然不同的个性风采，更可以感知那个时代教育、思想与文化生态的原貌。

　　策划、编选这样一套以民国原始素材为主体内容的丛书，耗费了我们大量的时间、精力和心血。而今本套丛书即将分批陆续付梓，我们欣喜地发现，她已经有型、有范儿、有味道了。

目　录

丰子恺（1898—1975），著名漫画家、散文家、文艺理论家和翻译家。1919年毕业于浙江省立第一师范学校。1921年获亲友资助赴日留学，10个月后因经济困难回国。先后在上海、浙江、重庆等地任教，并曾任上海开明书店编辑、《中学生》杂志编辑。1924年在文艺刊物《我们的七月》上第一次发表漫画《人散后，一钩新月天如水》。1942年在重庆自建"沙坪小屋"，专事绘画和写作。

白　象

丰子恺

白象是我家的爱猫，本来是我的次女林先家的爱猫，再本来是段老太太家的爱猫。

抗战初，段老太太带了白象逃难到大后方。胜利后，又带了它复员到上海，与我的次女林先及吾婿宋慕法邻居。不知为了什么原因，段老太太把白象和它的独子小白象寄交林先、慕法家，变成了他们的爱猫。我到上海，林先、慕法又把白象寄交我，关在一只无锡面筋的笼里，上火车，带回杭州，住在西湖边上的小屋里，变成了我家的爱猫。

白象真是可爱的猫！不但为了它浑身雪白，伟大如象，又为了它的眼睛一黄一蓝，叫作"日月眼"。它从太阳光里走来的时候，瞳孔细得几乎没有，两眼竟像话剧舞台上所装置的两只光色不同的电灯，见者无不惊奇赞叹。收电灯费的人看见了它，几乎忘记拿钞票；查户口的警察看见了它，也暂时不查了。

白象到我家后，林先、慕法常写信来，说段老太太已迁居他处，但常常来他们家访问小白象，目的是探望白象的近况。我的幼女一吟，同情于段老太太的离愁，常常给白象拍照，寄交林先转交段老太太，以慰其相思。同时对于白象，更增爱护。每天一吟读书回家，或她的大姐陈宝教书回家，一坐倒，白象就跳到她们的膝上，老实不客气地睡了。她们不忍拒绝，就坐着不动，向人要茶，要水，要换鞋，要报看。有时工人不在身边，我同老婆就当听差，送茶、送水、送鞋、送报。我们是间接服侍白象。

有一天，白象不见了。我们侦骑四出，遍寻不得。正在担忧，它偕同一只斑花猫，悄悄地回来了，大家惊喜。女工秀英说，这是招贤寺里的雄猫，说过笑起来。经过一个短促的休止符，大家都笑起来。原来它是到和尚寺里找恋人去了，害得我们急死。

此后斑花猫常来，它也常去，大家不以为奇。我觉得白象更可爱了。因为它不像鲁迅先生的猫，恋爱时在屋顶上怪声怪气，吵得他不能读书写稿，而用长竹竿来打。后来它的肚皮渐渐大起来了。约摸两三个月之后，它的肚皮大得特别，竟像一只白象了。我们用一只旧箱子，把盖拿去，作为它的产床。有一天，它临盆了，一胎五子，三只雪白的，两只斑花的。大家称庆，连忙叫男工樟鸿到岳坟去买新鲜鱼来给它调将。女孩子们天天冲克宁奶粉给它吃。

　　小猫日长夜大，二星期之后，都会爬动。白象育儿耐苦得很，日夜躺卧，让五个孩子纠缠。它的身体庞大，在五只小猫看来，好比一个丘陵。它们恣意爬上爬下，好像西湖上的游客爬孤山一样。这光景真是好看！

　　不料有一天，一只小花猫死了。我的幼儿新枚，哭了一场，拿一条美丽牌香烟的匣子，当作棺材，给它成殓，葬在西湖边的草地中。余下的四只，就特别爱惜。我家有七个孩子，三个在外，四个在杭州，他们就把四只小猫分领，各认一只。长女陈宝领了花猫，三女宁馨、幼女一吟、幼儿新枚各领一只白猫。这就好比乡下人把孩子过房给庙里的菩萨一样，有了"保佑"，"长命富贵"。大约因为他们不是菩萨，不能保佑；过一会一只小白猫又死了。剩下三只，一花二白，都很健康，看看已能吃鱼吃饭，不必全靠吃奶了。白象的母氏劬劳，也渐渐减省。它不必日夜躺着喂奶，可以随时出去散步，或跳到女孩子们的膝上去睡觉了。女孩子们笑它："做了母亲还要别人抱？"它不理，管自睡在人家怀里。

　　有一天，白象不回来吃中饭。"难道又到和尚寺里去找恋人了？"大家疑问。等到天黑，终于不回来。秀英当夜到寺里去寻，不见。明天，又不回来。问题严重起来。我就写二张海报："寻猫：敝处走失日月眼大白猫一只。如有仁人君子觅得送还，奉酬法币十万元。储款以待，决不食言。××路××号谨启。"过了两天，有邻人来言："前几天看见一大白猫死在地藏庵与复性书院之间的水沼里，恐怕是你们的。"我们闻耗奔丧，找不到尸体。问地藏庵里的警察，也说不知；又说，大概清道夫取去了。我们回家，大家沉默志哀，接着就讨论它的死因。有的说是它自己失脚落水，有的说是顽童推它下水，莫衷一是。后来新枚来报告，邻家的孩子曾经看见一只大白猫死在水沼上的大柳树根上，后来被人踢到水沼里。孩子不会说诳，此说大约可靠。且我听说，猫不肯死在家里，自知临命终了，必远行至无人处，然后辞世。故此说更觉可靠。我觉得这点"猫性"，颇可赞美。这有壮士风，不愿死户牖下儿女之手中，而情愿战死沙场，马革裹尸。这又有高士风，不愿病死在床上，而情愿遁迹深山，不知所终。总之，白象确已不在"猫间"了！

白象失踪的第二天，林先从上海来杭。一到，先问白象。骤闻噩耗，惊慌失色。因为她原是受了段老太太之托，此番来杭将把白象带回上海，重归旧主的。相差一天，天缘何悭！然而天实为之，谓之何哉。所幸它还有三个遗孤，虽非日月眼，而壮健活泼，足以承继血统。为防损失，特把一只小花猫寄交我的好友家。其余两只小白猫，常在我的身边。每逢我架起了脚看报或吃酒的时候，它们爬到我的两只脚上，一高一低，一动一静，别人看见了都要笑。我倒已经习以为常，似觉一坐下来，脚上天生有两只小猫似的。

1947 年 5 月 27 日于杭州作

丰子恺（1898—1975），著名漫画家、散文家、文艺理论家和翻译家。1919 年毕业于浙江省立第一师范学校。1921 年获亲友资助赴日留学，10 个月后因经济困难回国。先后在上海、浙江、重庆等地任教，并曾任上海开明书店编辑、《中学生》杂志编辑。1924 年在文艺刊物《我们的七月》上第一次发表漫画《人散后，一钩新月天如水》。1942 年在重庆自建"沙坪小屋"，专事绘画和写作。

贪污的猫

丰子恺

我家养了五只猫。除了一只白猫是已故的老白猫"白象"所生以外，其余四只都是别人送我们的。就因为我在《自由谈》上写了那篇悼白象的文章，读者以为我喜欢猫，便你一只、我一只地送来。其实我并不喜欢真猫，不过在画中喜欢画猫而已；喜欢猫的，倒是我的女孩子们。因为她们喜欢，就来者不拒，只只收养。客人偶然来访，看见这许多猫围着炭火炉睡觉，洗脸，捉尾巴，厮打，互相舐面孔，都说"好玩！""有趣！"殊不知主人养这五只猫，麻烦透顶，讨气①之极！客人们只在刹那间看到其光明的一面，而不知其平时的黑暗生活；好比只看见团体照相的冠冕堂皇，而不悉机关内容的腐败丑恶，自然交口

---

① 即惹气，引人生气。——编者注。

赞誉。若知道了这群猫的生活的黑暗方面，包管你们没有一人肯收养的！原来它们讨气得很：贪嘴，偷食，而且把烂污撒在每人的床脚底下，竟是一群"贪污的猫"。

有一天，大司务买菜回来，把菜篮向厨房的桌上一放，去解一个溲①。回来时篮内一条大鳜鱼不翼而飞了。东寻西找，遍觅不得。忽听见后面篱笆内有猫吼声，原来五只猫躲在那里分赃，分得不均，正在那里吵架！大司务把每只猫打一顿，以示惩戒；然而赃物已大半被吞，狼藉满地，收不回来了。

后来又有一天，因为市上猫鱼常常缺乏，大司务一次买了一万元猫鱼来囤积。好在天冷，还不致变坏。他受了上次的教训，把囤积的猫鱼放在菜橱的最高层。这天晚上，厨房里"砰澎括拉"，闹个不休。大司务以为猫在捉老鼠，预备明天对猫明令嘉奖。岂知第二天早上起来一看，橱门已经洞开，囤积在上层的猫鱼被吃得精光，还把鱼骨头零零落落地掉在下层的菜碗里。大司务照例又把五只猫各打一顿，并且饿它们一天，以示惩戒。自今以后，橱门上加了锁，每晚锁好，以防贪污。

猫在一晚上吃了一万元猫鱼，隔夜饱了，次日白天，不吃无妨。但到了晚快，隔夜吃的早已消化，肚子饿起来，就向大司务叫喊。大司务不但不喂，又给一顿打。诸猫无奈，就向食桌上转念头。这晚上正好有一尾大鱼。老妈子端齐了菜蔬碗，叫声大家吃饭，管自去了。偏偏这晚上大家事忙，各人躲在房

---

① 解溲，即如厕，排泄大小便。意同"解手"。——编者注。

间里，工作放不下手，迟了一二分钟出来。一看，桌上有一只空盆，盆底上略有些汤。我以为今晚大司务做了一样别致的菜了。再看，桌上一道淋漓点滴的汤，和几个猫脚印。这正是猫的贪污的证据了，我连忙告发。大家到处通缉，迄无着落。后来听得厢房内有猫叫声，连忙打开电灯一看，五只猫麇集在客人床里吃一条大鱼，鱼头、鱼尾、鱼汤，点缀在刚从三友实业社出三十万元买来的白床毯上！这回大加惩罚；主母打一顿，老妈子和大司务又打一顿。打过之后，也不过大家警戒，以后有鱼，千万当心，谨防贪污。而这天的晚餐，大家没得鱼吃了。

以后，鱼的贪污，因为防范甚严，没有发生。岂知贪污不一定为鱼，凡有油水有腥气的东西，皆为猫所觊觎。昨天耶稣圣诞，有人送我一个花蛋糕，像帽笼这么一匣。客人在座，我先打开来鉴赏一下，赞美一下，但见花花绿绿的，甜香烘烘的，教人吞唾液。客人告辞，大家送出门去，道谢道别。不过一二分钟，回转来一看，五只猫围着蛋糕，有的正在舐食上面的糖花，有的咬了一口蛋糕，正在歪着头咀嚼。连忙大喊"打猫"，五猫纷纷跳下桌子，扬长而去。而蛋糕已被弄得一塌糊涂，不堪入目了。我们只得把五猫吃剩的蛋糕上面削去一层，把下面的大家分食了。下令通缉，诸猫均在逃，终无着落。

上面所举，只是著名的几件大案子。此外小小案件，不可胜计，我也懒得一一呈报了。更有可恶的，贪吃偷食之外，又要撒烂污在每人的床底下。就如昨夜，我睡在床里，闻得猫屎臭，又腥又酸的，令人作呕。只得冒了夜寒，披衣起床，用电筒检查。但见枕头底下的地上，赫然一堆猫屎！我房间中，本来早已戒严，无论昼夜不准贪污的猫入内。但是这些东西又小又滑，防不胜防。我们无法杜绝贪污，只得因循姑息下去。大小贪污案件，都只在发生的当初轰动一时，过后渐渐冷却，大家不提，就以不了了之。因此诸猫贪污如旧。

今天，我忽发心，要彻底查究猫的贪污，以根绝后患。我想，猫的贪污，定是由于没有吃饱之故；倘把只只猫喂饱，它们食欲满足，就各自去睡觉，洗脸，捉尾巴，厮打，或互相舐面孔，不致作恶为非了。于是我叫大司务来，问他"每日喂几顿？每顿多少分量？"大司务说："每日规定三顿，每顿规定一千元猫鱼，拌一大碗饭。"我说："猫有五只，这一点点怎么吃得饱呢？"大司务说："它们倾轧得厉害。有时大猫把小猫挤开，先拣鱼来吃光，然后让小猫吃。有时小猫先落手为强，轮到大猫就没得吃。吃是的确吃不饱的。"我说："为什么不多买点猫鱼，多拌点饭呢？"大司务说："……"过了一会，又说："太太规定如此的。"我说："你去。"就去找太太，讨论猫的待遇问题。我说："这许多猫，怎么每天只给一千元猫鱼呢？待遇这样薄，难怪它们要贪污了！"太太满不在乎地回答："并没有薄，一向如此呀！"我说："物价涨了呀！从前一千元猫鱼很多，现在一千元猫鱼只有一点点了！你这办法，正是教唆诸猫贪污！你想，它们吃不饱，只有东钻西钻，偷偷摸摸，狼狈为奸，集团贪污。照过去估计，猫的贪污，使我们损失很大！你贪小失大，不是办法。依我之见，不如从今大加调整。以物价指数为比例：米三十万元的时候每天给一千元猫鱼，如今米九十万了，应给三千元猫鱼。这样，它们只只吃饱，贪污事件自然减少起来。"太太起初不肯。后来我提及了三友实业社的三十万元的床毯被猫集团贪污而弄脏的事件，太太肉痛起来，就答允调整。立刻下手令给大司务，从明天起每日买三千元猫鱼。料想今后，我家猫的贪污案件，一定可以减少了。

1947 年 12 月 26 日于杭州

夏丏尊（1886—1946），名铸，字勉旃，号冈庵，别号丏尊。著名文学家、教育家、出版家，新文学运动的先驱。浙江上虞人。1901 年中秀才。1905 年东渡日本留学，1907 年辍学回国，先后在浙江、湖南、上海几所学校任教。1930 年与叶圣陶创办民国时期在莘莘学子中颇有口碑的《中学生》杂志。1933 年与叶圣陶合著出版小说体裁语文学习读本《文心》，其后 15 年间再版达 22 次。1936 年任《新少年》杂志社社长，同年被推为中国文艺家协会主席。

猫

夏丏尊

　　白马湖新居落成，把家眷迁回故乡的后数日，妹就携了四岁的外甥女，由二十里外的夫家雇船来访。自从母亲死后，兄弟们各依了职业迁居外方，故居初则赁与别家，继则因兄弟间种种关系，不得不把先人有过辛苦历史的高大屋宇，受让给附近的暴发户，于是兄弟们回故乡的机会就少，而妹也已有六七年无归宁的处所了。这次相见，彼此既快乐又酸辛，小孩之中，竟有未曾见过姑母的。外甥女当然不认得舅妗和表姊，虽经大人指导勉强称呼，总都是呆呆地相觑着。

　　新居在一个学校附近，背山临水，地位清静，只不过平屋四间。论其构造，连老屋的厨房还比不上，妹却极口表示满意：

　　"虽比不上老屋，总究是自己的房子，我家在本地已有多年没有房子了！自从老屋卖去以后，我有多少被人瞧不起！每次乘船经过老屋面前，真是……"

妻见妹说时眼圈有点红了，就忙用话岔开：

"妹妹你看，我老了许多吧？你却总是这样后生。"

"三姊倒不老！——人总是要老的，大家小孩都已这样大了，他们大起来，就是我们在老起来。我们已六七年不见了呢。"

"快弄饭去吧！"我听了他们的对话，恐再牵入悲境，故意打断话头，使妻走开。

妹自幼从我学会了酒，能略饮几杯。兄妹且饮且谈，嫂也在旁羼着。话题由此及彼，一直谈到饭后，还连续不断。每到妹和妻要谈到家事或婆媳小姑关系上去，我总立即设法打断，因为我是深知道妹在夫家的境遇的，很不愿在难得晤面的当初，就引起悲怀。

忽然，天花板上起了嘈杂的鼠声。

"新造的房子，老鼠就这样多吗？"妹惊讶了问。

"大概是近山的缘故吧。据说房子未造好就有了老鼠的。晚上更厉害，今夜你听，好像在打仗哩，你们那里怎样？"妻说。

"还好，我家有猫。——快要产小猫了，将来可捉一只来。"

"猫也大有好坏，坏的猫老鼠不捕，反要偷食，到处撒屎，倒是不养好。"我正在寻觅轻松的话题，就顺了势讲到猫上去。

"猫也和人一样，有种子好不好的，我那里的猫，是好种，不偷食，每朝把屎撒在盛灰的畚斗里。——你记得从前老四房里有一只好猫吧。我们那只猫，就是从老四房讨去的小猫。近

来听说老四房里断了种了——每年生一胎，附近养蚕的人家都
来千求万恳地讨，据说讨去都不淘气的。现在又快要生小
猫了。"

老四房里的那只猫向来有名。最初的老猫，是曾祖在世时
就有了的，不知是哪里得来的种子，白的，小黄黑花斑，毛色
很嫩，望上去像上等的狐皮"金银嵌"。善捉鼠，性质却柔顺得
了不得。当我小的时候，常去抱来玩弄，听它念肚里佛，挖看
它的眼睛，不啻是一个小伴侣。后来我由外面回家，每走到老
四房去，有时还看见这小伴侣的子孙。曾也想讨一只小猫到家
里去养，终难得逢到恰好有小猫的机会。自迁居他乡，十年来
久不忆及了，不料现在种子未绝，妹家现在所养的，不知已是
最初老猫的几世孙了。家道中落以来，田产室庐大半荡尽，而
曾祖时代的猫，尚间接地在妹家留着种子，这真是一种不可思
议的缘，值得叫人无限感兴的了。

"哦！就是那只猫的种子！好的，将来就给我们一只。那只
猫的种子是近地有名的。花纹还没有变吗？"

"你欢喜哪一种？——大约一胎多则三只，少则两只，其中
大概有一只是金银嵌的，有一二只是白中带黑斑的，每年都是
如此。"

"那自然要金银嵌的啰。"我脑中不禁浮出孩时小伴侣的印
象来。更联想到那如云的往事，为之茫然。

妻和妹之间猫的谈话仍被继续着，儿女中大些的张了眼听，
最小的阿满，摇着妻的膝问："小猫几时会来？"我也靠在藤椅

上吸着烟默然听她们。

"小猫的时候，要教会它才好。如果撒屎在地板上了，就捉到撒屎的地方，当着它的屎打，到碗中偷食吃的时候，就把碗摆在它的前面打，这样打了几次，它就不敢乱撒屎多偷食了。"

妹的猫教育论，引得大家都笑了。

次晨，妹说即须回去，约定过几天再来久留几日，临走的时候还说：

"昨晚上老鼠吵得真厉害，下次来时，替你们把猫捉来吧。"

妹去后，全家多了一个猫的话题。最性急的自然是小孩，他们常问"姑妈几时来？"其实都是为猫而问，我虽每回答他们"自然会来的，性急什么？"而心里也对于那与我家一系有二十多年历史的猫，怀着迫切的期待，巴不得妹——猫快来。

妹的第二次来，在一个月以后，带来的只是赠送小孩的果物和若干种的花草和苗种，并没有猫。说前几天才出生，要一个月后方可离母，此次生了三只，一只是金银嵌的，其余两只是黑白花和狸斑花的，讨的人家很多，已替我们把金银嵌的留定了。

猫的被送来已是妹第二次回去后半月光景的事，那时已过端午，我从学校回去，一进门妻就和我说：

"妹妹今天差人把猫送来了，她有一封信在这里。说从回去以后就有些不适应。大约是寒热，不要紧的。"

我从妻手里接了信草草一看，同时就向室中四望：

"猫呢？"

"她们在弄它，阿吉，阿满，你们把猫抱来给爸爸看看!"

立刻，听得柔弱的"尼亚尼亚"声，阿满从房中抱出猫来:

"会念佛的，一到就蹲在床下，妈说它是新娘子呢。"

我在女儿手中把小猫熟视着说:

"还小呢，别去捉它，放在地上，过几天会熟的。当心碰见狗!"

阿满将猫放下。猫把背一耸就跟跄地向房里遁去。接着就从房内发出柔弱的"尼亚尼亚"的叫声。

"去看看它躲在什么地方。"阿吉和阿满蹑着脚进房去。

"不要去捉它啊!"妻从后叮嘱她们。

猫确是金银嵌，虽然产毛未退，黄白还未十分夺目，尽足依约地唤起从前老四房里的小伴侣的印象。"尼亚尼亚"的叫声，和"咪咪"的呼叫声，在一家中起了新气氛，在我心中却成了一个联想过去的媒介，想到儿时的趣味，想到家况未中落时的光景。

与猫同来的，总以为不成问题的妹的病消息，一二日后竟由沉重而至于危笃，终于因恶性疟疾引起了流产，遗下未足月的女孩儿弃去这世界了。

一家人参与丧事完毕从丧家回来，一进门就听到"尼亚尼亚"的猫声。

"这猫真不吉利，它是首先来报妹妹的死信的!"妻见了猫叹息着说。

猫正在檐前伸了小足爬搔着柱子，突然见我们来，就跟跄逃去，阿满赶到橱下把它捉来了，捧在手里：

"你不要逃，都是你不好！妈！快打！"

"畜生晓得什么？唉，真不吉利！"妻呆呆地望着猫这样说，忘记了自己的矛盾，倒弄得阿满把猫捧在手里瞪目茫然了。

"把它关在伙食间里，别放它出来！"我一壁说一壁懒懒地走入卧室睡去。我实在已怕看这猫了。

立时从伙食间里发出"尼亚尼亚"的悲鸣声和嘈杂的搔爬声来。努力想睡，总是睡不着。原想起来把猫重新放出，终于无心动弹，连向那就在房外的妻女叫一声"把猫放出"的心绪也没有，只让自己听着那连续的猫声，一味沉浸在悲哀里。

从此以后，这小小的猫在全家成了一个联想死者的媒介，特别是我。这猫所暗示的新的悲哀的创伤，是用了家道中落等类的怅惘包裹着的。

伤逝的悲怀随着暑气一天一天地淡去，猫也一天一天地长大，从前被全家所诅咒的这不幸的猫，这时渐被全家宠爱珍惜起来了，当作了死者的纪念物。每餐给它吃鱼，归阿满饲它，晚上抱进房里，防恐被人偷了或是被野狗咬伤。

白玉也似的毛地上，错落的黄黑斑非常明显，蹲在草地上或跳掷在凤仙花丛里的时候，望去真是美丽。附近四邻或路过的人见了称赞说"好猫！"这时候，妻脸上就现出一种莫可言说的矜夸，好像是养着一个好儿子或是好女儿。特别是阿满：

"这是我家的猫，是姑母送来的。姑母死了，只剩了这只猫了！"有人称赞猫的时候，她不管那人陌生与不陌生，总会睁圆了眼起劲地对他说明这些。

猫成了一家的宠儿了，每餐食桌旁总有它的位置。偶然偷了食或是乱撒了屎，虽然依妹的教育法是要就地罚打的，妻也总看妹面上宽恕过去。阿吉阿满一从学校里回来就用了带子逗它玩，或是捉迷藏似的在庭间追赶它。我也常于初秋的夕阳中坐在檐下对了这跳掷小动物做种种的遐想。

那是快近中秋的一个晚上的事：湖上邻居的几位朋友，晚饭后散步到了我家里，大家在月下闲话，阿满和猫在草地上追逐着玩。客去后，我和妻搬进几椅正要关门就寝，妻照例记起猫来：

"咪咪！"

"咪咪！"阿吉阿满也跟着唤。

可是却听不到猫的"尼亚尼亚"的回答。

"没有呢！哪里去了？阿满，不是你捉出来的吗？去寻来！"妻着急起来了。

"刚刚在天井里的。"阿满瞪着眼含糊地回答，一壁哭了起来。

"还哭！都是你不好，夜了还捉出来做什么呢？——咪咪咪咪！"妻一壁责骂阿满一壁嗄了声再唤。

"咪咪！咪咪！"我也不禁附和着唤。

可是仍听不到猫的"尼亚尼亚"的回答。

叫小孩睡好了，重新找寻，室内室外，东邻西舍，到处分头都寻遍，哪有猫的影儿？连方才谈天的几位朋友都过来帮着在月光下寻觅，也终于不见形影。一直闹到十二点多钟，月亮已照屋角为止。

"夜深了，把窗门暂时开着，等它自己回来吧！——偷是没有人偷的，或者被狗咬死了，但又不听见它叫。也许不至于此，今夜且让它去吧。"我宽慰着妻，关了大门，先入卧室去。在枕上还听到妻的"咪咪"的呼声。

猫终于不回来。从次日起，一家好像失了什么似的，都觉到说不出的寂寥。小孩从放学回来也不如平日的高兴，特别在我，于妻女所感得的以外，顿然失却了沉思过去种种悲欢往事的媒介物，觉得寂寥更甚。

第三日傍晚，我因寂寥不过了，独自在屋后山边散步，忽然在山脚田坑中发现猫的尸体。全身黏着水泥，软软地倒在坑里，毛贴着肉，身躯细了好些，项有血迹，似确是被狗或者野兽咬毙了的。

"猫在这里！"我不自觉叫了说。

"在哪里？"妻和女孩先后跑来，见了猫都呆呆的，几乎一时说不出话。

"可怜！一定是野狗咬死的。阿满，都是你不好！前晚你不捉它出来，哪里会死呢？下世去要成冤家啊！——唉！妹妹死了，连妹妹给我们的猫也死了。"妻说时声音呜咽了。

阿满哭了，阿吉也呆着不动。

"进去吧，死了也就算了，人都要死哩，别说猫！快叫人来把它葬了。"我催她们离开。

　　妻和女孩进去了。我向猫做了最后的一瞥，在昏黄中独自徘徊。日来已失去了联想媒介的无数往事，都回光返照似的一时强烈地齐现到心上来。

宋云彬（1897—1979），浙江海宁人。著名文史学者、杂文家。1912 年入杭州中学。1921 年在杭州先后任《杭州报》《浙江民报》《新浙江报》编辑、主笔。1926 年任上海国民通讯社社长。1928 年任开明书店编辑，负责整理校订朱起凤的《辞通》。后主编《国文讲义》与《中学生杂志》。抗战期间在桂林参与创办文化供应社，编辑《野草》杂志。抗战胜利后到重庆主编民盟刊物《民主生活》。作品主要有《东汉之宗教》（再版时更名为《东汉宗教史》)、《王守仁与阳明理学》等。

猫

宋云彬

　　我平生最喜欢猫。可是在上海住了五六年，一向做"三房客"，住的不是前楼就是厢房，事实上不容许我养猫。"一·二八"以前，我住在闸北，"二房东"养了一头肥大的黑猫，面庞儿圆圆的，十分可爱。我常常把牛奶、牛肉等给它吃，它很恋恋于我。冬天夜长，我写作往往要过一二点钟，它总是睡在我身边，鼻子里呼呼作声，有时候懒洋洋地醒来，伸着脚，弓着背，轻轻地叫出一声"鸟乎"，好像在警告我时候已经不早了。二房东家小孩子很多，常常捉住它玩耍，它受不了小孩子们的欺侮，便一溜烟逃到我厢房里，把头在我的脚上摩擦，嘴里不住"鸟乎鸟乎"地叫，我知道它受了委屈，总是好好地抚摸它一回。有一次，它大概太高兴了，把我一本暖红室刻着《牡丹亭》抓破，妻打了它几下，赶它出厢房去，我却劝妻不要动气，因为它实在不懂得什么"名的""珍本",偶尔高兴玩玩,也是兽情之常。可是它经此一番惩戒,竟负气不到厢房里来,最后还是我硬把它捉了进来,拿大块的猪肝请它吃,好好地抚摸它一回,它才照常到厢房里来走动。

"一·二八"那天,我们于午后四点钟才匆匆离开闸北。那时候二房东已全家搬走,我临走仓皇,竟没有记到它,事后很懊悔。回乡去住了两个月,天天关心战事消息,一时也把它忘了。后来接到上海朋友来信,说战事已停,有人回到闸北去看过,我住的那条里,房子烧去了一半,但我住的那所房子却没有烧掉,也许书籍等等还有存留着。我接到信就来到上海,设法领得"通行证",雇了两部"塌车"、几部"黄包车",预备去搬东西。到了那里,果然我住的房子没有烧去,走上扶梯一看,几个书橱还是照常摆着,书也似乎没有经人翻动过,只有写字桌上放着几本比较新一点的洋装书不见了。我一时觉得很高兴,吩咐车夫把书籍搬下楼,一面搜索值得搬的物件,预备"一股脑儿"装回去。忽然,我听得猫叫,那声音很微弱,留神一看,原来那猫就在我脚边。它满身都是泥灰,下半身完全焦黄了,瘦得几乎一副骨骼,眼圈儿烂得红红的,胡子不剩半根,但我能辨认它就是二房东家的黑猫。它也似乎还认识我,不住地向我叫,叫声微弱极了。我凄然地抱它在怀里。想不到它在战区里过了两个多月,居然没有死!我想问它这两个月来的情形,可是它不会开口。等到书籍都已搬上车,我也抱了它坐上黄包车,不知为着什么,它听得塌车的轮子轧轧作响,忽然从我怀中一跃而出，向瓦砾堆里飞奔逃跑。我下车追赶，车夫也替我追，但是，哪里追得着呢！我很惆怅地立在瓦砾堆里凝望，哪里还有它的影踪！时间已经不早，只得转身回去，手背上竟觉得隐隐作痛，仔细一看，原来被它刮破了好几处，袍子上涂满了泥灰。

去年我在沪房区租了一幢房子，妻为我喜欢猫，同时也感到耗子们骚扰得太厉害，便在亲戚家讨了一头花白猫来。那猫的面庞儿也生得圆圆的。进来的第二天就捉住了一头小耗子，使我们十分高兴。它离母胎还不到五个月，顽皮得可以，沙发套子常常被它抓。妻见我有线装书放在桌子上时，便赶快拿来藏到橱里，轻轻地说："不要再像那本《牡丹亭》。"过了三四个月，它更加肥大了，顽皮性似乎也好了一点。白天蹲在庭前的短墙上，以捉苍蝇为消遣。据妻说，曾经亲见它捉住过一只苍蝇。因为壁虎是捉苍蝇的，她替它取个名字，叫作"壁虎儿"。一天，妻对我说："壁虎儿可不大聪敏，今天它从后门跑了出去，竟迷失了路，躲在十四号里不肯出来（我们住的是十九号），幸亏那家的女太太很热心，设法捉住了，送还我们。"因此，我就下了个戒严令，叫女仆们留心，不许让它走出后门去。

我早上吃牛奶，照例总得割一点给壁虎儿。它听得杯子响时，总竖起了尾巴在床前徘徊，预备来享受我的剩余的牛奶。有一天清早，我吃过了牛奶还不见壁虎儿来。我敲着牛奶杯，嘴里"咪咪"地唤，然而壁虎儿还是不来。大家起来找寻，差不多一个钟头，终不见它的影踪。看它的饭碗里还盛得满满的，可是昨天吃晚饭前它已经不在家了。我很着急，妻竟有点凄然。她断定它是走出后门外去而迷了路的。她说它天天蹲在庭前的短墙上，一呼唤便向里面跑，只有走出了后门便会迷路。我没有法子，只好自己譬解。我以为它也许在外边找它的情侣，说不定过一会儿就会回来。我又记得《两般秋雨庵随笔》的作者曾经说过，贯休觅句诗"尽日觅不得，有时还自来"，可以当作失猫诗读。又记得，韩湘严给张度西书说："养鸟不如养猫。……闲散置之，自便去来，不劳把握。"可见猫在外面玩耍，一时忘归本家，是常有的事，过一会儿便会回来的。我把这意思告诉妻。妻说："这不可一概而论，我们住的是鸽子笼般的弄堂房子，比连的几十家，形式都是一样，假使没有门牌，恐怕连我们有时也会找不到自己的窠，何况那壁虎儿。"我们议论了好一会儿，工作的时间已到，我只好硬着头皮上工去。

中午放工回来，一进门就问妻："壁虎儿找到了没有？"

"没有！"她凄然地说："十四号也去问过了，邻近的几家差不多全去找过，哪里有它的踪迹！"我们都很凄然，连饭都不能下喉。妻更不住地抬起眼向庭前的短墙上望。

过了两天，壁虎儿仍旧没有回来。我写了一个字条贴在弄堂里，文曰："本里十九号走失花白猫一头，取名'壁虎儿'，尾全黑，头上一块桃子形的黑毛，背上也有长方形黑毛一块，面圆，四足全白，如蒙捉住送还，酬洋两元，决不食言。"

有几个闲人看这字条在那里笑。看弄堂的对我说："猫皮很值钱，如果被'瘪三'捉去剥了，那就没有希望了。"我听了他的话，说不出的恐惧和悲哀，我只希望他的话完全是谣言。同时我又想起了从我怀里逃跳去的那只黑猫，不知道还在人间否。

过了许多时候，贴在弄堂口那张纸条也不见了。我和妻约定，此后永不养猫，免得再受佛家所说的"爱别离苦"。

1935 年 11 月 26 日夜于上海

郑振铎（1898—1958），中国现代著名作家、文学史家。1917年考取北京铁路管理学校高等科官费生。1920年与沈雁冰、叶圣陶等发起成立文学研究会。1921年到商务印书馆编译所工作。1923年起主编《小说月报》。1931年任燕京大学中文系教授。1935年任暨南大学文学院院长兼中文系主任。1945年创办并主编《民主》周刊。著有《插图本中国文学史》《文学大纲》《中国俗文学史》等。

猫

郑振铎

　　我家养了好几次猫，结局总是失踪或死亡。三妹是最喜欢猫的，她常在课后回家时，逗着猫玩。有一次，从隔壁要了一只新生的猫来。花白的毛，很活泼，常如带着泥土的白雪球似的，在廊前太阳光里滚来滚去。三妹常常地，取了一条红带或一根绳子，在它面前来回地拖摇着，它便扑过来抢，又扑过去抢。我坐在藤椅上看着他们，可以微笑着消耗过一二小时的光阴，那时太阳光暖暖地照着，心上感着生命的新鲜与快乐。后来这只猫不知怎的忽然消瘦了，也不肯吃东西，光泽的毛也污涩了，终日躺在厅上的椅下不肯出来。三妹想着种种方法逗它，它都不理会。我们都很替它忧郁。三妹特地买了一个很小很小的铜铃，用红绫带穿了，挂在它颈下，但只显得不相称，它只是毫无生意地、懒惰地、郁闷地躺着。有一天中午，我从编译所回来，三妹很难过地说道："哥哥，小猫死了！"

我心里也感着一缕的酸辛，可怜这两月来相伴的小侣！当时只得安慰着三妹道："不要紧，我再向别处要一只来给你。"

隔了几天，二妹从虹口舅舅家里回来，她道，舅舅那里有三四只小猫，很有趣，正要送给人家。三妹便怂恿着她去拿一只来。礼拜天，母亲回来了，却带了一只浑身黄色的小猫同来。立刻三妹一部分的注意又被这只黄色小猫吸引去了。这只小猫较第一只更有趣，更活泼。它在园中乱跑，又会爬树，有时蝴蝶安详地飞过时，它也会扑过去捉。它似乎太活泼了，一点也不怕生人，有时由树上跃到墙上，又跑到街上，在那里晒太阳。我们都很为它提心吊胆，一天都要"小猫呢？小猫呢？"地查问好几次。每次总要寻找了一回，方才寻到。三妹常指它笑着骂道："你这小猫呀，要被乞丐捉去后才不会乱跑呢！"我回家吃中饭，总看见它坐在铁门外边，一见我进门，便飞也似的跑进去了。饭后的娱乐，是看它在爬树。隐身在阳光隐约里的绿叶中，好像在等待着要捉捕什么似的。把它抱了下来，一放手，又极快地爬上去了。过了二三个月，它会捉鼠了。有一次，居然捉到一只很肥大的鼠，自此，夜间便不再听见讨厌的吱吱的声了。

某一日清晨，我起床来，披了衣下楼，没有看见小猫，在小园里找了一遍，也不见。心里便有些亡失的预警。

"三妹，小猫呢？"

她慌忙地跑下楼来，答道："我刚才也寻了一遍，没有看见。"

家里的人都忙乱地在寻找，但终于不见。

李嫂道："我一早起来开门，还见它在厅上。烧饭时，才不见了它。"

大家都不高兴，好像亡失了一个亲爱的同伴，连向来不大喜欢它的张婶也说："可惜，可惜，这样好的一只小猫。"

我心里还有一线希望，以为它偶然跑到远处去，也许会认得归途的。

午饭时，张婶诉说道："刚才遇到隔壁周家的丫头，她说，早上看见我家的小猫在门外，被一个过路的人捉去了。"

于是这个亡失证实了。三妹很不高兴地咕噜着道："他们看见了，为什么不出来阻止？他们明晓得它是我家的！"

我也怅然地、愤恨地，在诅骂着那个不知名的夺去我们所爱的东西的人。

自此，我家好久不养猫。

冬天的早晨，门口蜷伏着一只很可怜的小猫。毛色是花白，但并不好看，又很瘦。它伏着不去。我们如不取来留养，至少也要为冬寒与饥饿所杀。张婶把它拾了进来，每天给它饭吃。但大家都不大喜欢它，它不活泼，也不像别的小猫之喜欢顽游，好像是具着天生的忧郁性似的，连三妹那样爱猫的，对于它也不加注意。如此地过了几个月，它在我家仍是一只若有若无的动物。它渐渐地肥胖了，但仍不活泼。大家在廊前晒太阳闲谈时，它也常来蜷伏在母亲或三妹的足下。三妹有时也逗着它玩，但没有对于前几只小猫那样感兴趣。有一天，它因夜里冷，钻到火炉底下去，毛被烧脱好几块，更觉得难看了。

春天来了，它成了一只壮猫了，却仍不改它的忧郁性，也不去捉鼠，终日懒惰地伏着，吃得胖胖的。

这时，妻买了一对黄色的芙蓉鸟来，挂在廊前，叫得很好听。妻常常叮嘱着张婶换水，加鸟粮，洗刷笼子。那只花白猫对于这一对黄鸟似乎也特别注意，常常跳在桌上，对鸟笼凝望着。

妻道："张婶，留心猫，它会吃鸟呢。"

张婶便跑来把猫捉了去。隔一会，它又跳上桌子对鸟笼凝望着了。

一天，我下楼时，听见张婶在叫道："鸟死了一只，一条腿被咬去了，笼板上都是血。是什么东西把它咬死的？"

我匆匆跑下去看，果然一只鸟是死了，羽毛松散着，好像它曾与它的敌人挣扎了许久。

我很愤怒，叫道："一定是猫，一定是猫！"于是立刻便去找它。

妻听见了，也匆匆地跑下来，看了死鸟，很难过，便道："不是这猫咬死的还有谁？它常常对鸟笼望着，我早就叫张婶要小心了。张婶！你为什么不小心？"

张婶默默无言，不能有什么话来辩护。

于是猫的罪状证实了。大家都去找这可厌的猫，想给它以一顿惩戒。找了半天，却没找到。我以为它真是"畏罪潜逃"了。

三妹在楼上叫道："猫在这里了。"

它躺在露台板上晒太阳，态度很安详，嘴里好像还在吃着什么。我想，它一定是在吃着这可怜的鸟的腿了，一时怒气冲天，拿起楼门旁倚着的一根木棒，追过去打了一下。它很悲楚地叫了一声"咪呜!"便逃到屋瓦上了。

我心里还愤愤的，以为惩戒得还没有快意。

隔了几天，李嫂在楼下叫道："猫，猫，又来吃鸟了。"同时我看见一只黑猫飞快地逃过露台，嘴里衔着一只黄鸟。我开始觉得我是错了!

我心里十分地难过，真的，我的良心受伤了，我没有判断明白便妄下断语，冤苦了一只不能说话辩诉的动物。想到它的无抵抗的逃避，益使我感到我的暴怒，我的虐待，都是针，刺我的良心的针!

我很想补救我的过失，但它是不能说话的，我将怎样地对它表白我的误解呢?

两个月后，我们的猫忽然死在邻家的屋脊上。我对于它的亡失，比以前的两只猫的亡失，更难过得多。

我永无改正我的过失的机会了!

自此，我家永不养猫。

十四，十一，七，于上海①

---

① 本书所选文章，篇末如有中文数字（均为民国原书所载），系指中国历法年月日，如本处即指民国十四年（公历 1925 年）十一月七日；如为阿拉伯数字，则指公历年月日。特此说明，以后不再为此加注。——编者注。

靳　以（1909—1959），原名章方叙，又名章依，字正侯，笔名有靳以、方序等。天津人。作家。少年时代在天津南开中学读书。1932年毕业于复旦大学国际贸易系。1933年起，先后与郑振铎合编《文学季刊》，与巴金合编《文季月刊》。抗战期间任重庆复旦大学教授，兼任《国民公报》副刊《文群》编辑。1940年在永安与黎烈文编《现代文艺》。1944年回重庆复旦大学，抗战胜利后随校回上海，任国文系主任，与叶圣陶等合编《中国作家》。一生共有各种著作30余部，代表作品有《猫与短简》《洪流》《幸福的日子》《热情的赞歌》等。

猫

靳　以

猫好像在活过来的时日中占了很大的一部，虽然现在一只也不再在我的身边厮扰。

当我才进了中学，就得着了那第一只。那是从一个友人的家中抱来，很费了一番手才送到家中。它是一只黄色的，像虎一样的斑纹，只是生性却十分驯良。那时候它才下生两个月，也像其他的小猫一样欢喜跳闹，却总是被别的欺负的时候居多。友人送我的时候就这样说：

"你不是欢喜猫吗，就抱去这只吧。你看它是多么可怜的样子，怕长不大就会死了。"

我都不能想那时候我是多么高兴，当我坐在车上，装在布袋中的它就放在我的腿上。呵，它是一个活着的小动物，时时会在我的腿上蠕动的。我轻轻地拍着它，它不叫也不闹，只静静地卧在那里，像一个十分懂事的东西。我还记得那是夏天，它的皮毛使我在冒着汗，我也忍耐着。到了家，我放它出来。新的天地吓得它更不敢动，它躲在墙角或是椅后那边哀哀地鸣叫。它不吃食物也不饮水，为了那份样子，几乎我又送它回去。可是过了两天或是三天，一切就都很好了。家中人都喜欢它，除开一个残忍成性的婆子。我的姊姊更爱它，每餐都是由她来照顾。

到了长成的时节，它就成为更沉默更温和的了。它从来也不曾抓伤过人，也不到厨房里偷一片鱼。它欢喜蹲在窗台上，眯着眼睛，像哲学家一样的沉思着。那时候阳光正照了它，它还要安详地用前爪在脸上抹一次又一次的。家中人曾说：

"炼哥儿抱来的猫，也是那样老实呵！"

到后它的子孙们却是有各样的性格。一大半送了亲友，留在家中的也看得出贤与不肖。有的竟和母亲争斗，正像一个浪子或是泼女。

它自己活得很长远，几次以为是不能再活下去了，它还能勉强地活过来，终于一只耳朵不知道为什么枯萎下去。它的脚步更迟钝了，有时鸣叫的声音都微弱得不可闻了。

它活了十几年，当着祖母故去的时候，已经入殓，还停在家中；它就躺在棺木的下面死去。想着是在夜间死去的，因为早晨发觉的时候它已经僵硬了。

住在×城的时节，我和友人B君共住了一个院子。那个城是古老而沉静的，到处都是树，清寂幽闲。因为是两个单身男子，我们的住处也正像那个城。秋天是如此，春天也是如此。墙壁粉了灰色，每到了下午便显得十分黯淡。可是不知道从哪里却跳来了一只猫，它是在我们一天晚间回来的时候发现的。我们开了灯，它正端坐在沙发的上面，看到光亮和人，一下就不知道溜到哪里去了。

我们同时都为它那美丽的毛色打动了，它的身上有着各样的颜色，它的身上包满了茸茸的长绒。我们找寻着，在书架的下面找到了。它用惊疑的眼睛望着我们，我们即刻吩咐仆人，为它弄好了肝和饭，我们故意不去看它，它就悄悄地就食去了。

从此在我们的家中，它也算是一个。

养了两个多月，在一天的清早，不知逃到哪里去了。它仍是从风门的窗格里钻出去（因为它，我们一直没有完整的纸糊在上面），到午饭时不见回来。我们想着下半天，想着晚饭的时候；可是它一直就不曾回来。

那时候，虽然少了一只小小的猫，住的地方就显得阔大寂寥起来了。当它在我们这里的时候，那些冷清的角落，都为它跑着跳着填满了；为我们遗忘了的纸物，都由它有趣地抓了出来。一时它会跑上座灯的架上，一时它又跳上书橱。可是它把花盆架上的一盆迎春拉到地上，碎了花盆的事也有过。记得自己真就以为它是一个有性灵的生物，申斥它，轻轻地打着它；它也就畏缩地躲在一旁，像是充分地明白了自己的过错似的。

平时最使它感觉到兴趣的事，怕就是钻进抽屉中的小睡。只要是拉开了，它就安详地走进去，于是就故意又为它关上了。

过些时再拉开来，它也许还未曾醒呢！有的时候是醒了，静静地卧着，看到了外面的天地，就站起来，拱着背缓缓地伸着懒腰。它会跳上了桌子，如果是晚间，它就分去了桌灯给我的光，往返地踱着。它的影子晃来晃去的，却充满了我那狭小的天地，使我也有着热闹的感觉。突然它会为一件小小的物件吸引住了，以前爪轻轻地拨着，惊奇地注视着被转动的物件，就退回了身子，伏在那里，还是一小步一小步地退缩着——终于是猛地向前一蹿，那物件落在地上，它也随着跳下去。

我们有时候也用绒绳来逗引，看着它轻巧而窈窕地跳着。时常想到的就是"摘花赌身轻"的句子。

它的逃失呢，好像是早就想到了的。不是因为从窗里望着外面，看到其他的猫从墙头跳上跳下，它就起始也跑到外面去吗？原是不知何所来，就该是不知何所去。只是顿然少去了那么一只跑着跳着的生物，所住的地方就感到更大的空洞了。想着这样的情绪也许并不是持久的，过些天或者就可以忘怀了。只是当着春天的风吹着门窗的纸，就自然地把眼睛望着它日常出入的那个窗格，还以为它又从外面钻了回来。

"走了也好，终不过是不足恃的小人呵！"

这样地想了，我们的心就像是十分安然而愉快了。

过了四个月，B君走了，那个家就留给我一个人。如果一直是冷清下来，对于那样的日子我也许能习惯了；却是日愈空寂的房子，无法使我安心地守下去。但是我也只有忍耐之一途。既不能在众人的处所中感到兴趣，除开面壁枯坐还有其他的方法吗?

一天,偶然地在市集中售卖猫狗的那一部,遇到一个老妇人和一个四五岁的女孩。她问我要不要买一只猫。我就停下来,预备看一下再说。她放下在手中的竹篮,解开盖在上面的一张布,就看到一只生了黄黑斑的白猫,正自躺在那里。在它的身下看到了两只才生下不久的小猫。一只是黑的,毛的尖梢却是雪白;那一只是白的,头部生了灰灰的斑。她和我说因为要离开这里,就不得不卖了。她和我要了极合理的价钱,我答应了,付过钱,就径自去买一个竹筐来。当我把猫放到我的筐子里,那个孩子就大声哭起来。她舍不得她的宝贝。她丢下老妇人塞到她手中的钱。那个老妇人虽是爱着孩子,却好像钱对她真有一点用,就一面哄着一面催促着我快些离开。

叫了一辆车,放上竹筐,我就回去了。留在后面的是那个孩子的哭声。

诚然如那个老妇人所说,它们是到了天堂。最初几天那两只小猫还没有张开眼,从早到晚只是咪咪地叫着。我用烂饭和牛乳喂它们,到张开了眼的时候,我才又看到那个长了灰色斑的两个眼睛是不同的:一个是黄色,一个是蓝色。

大小三只猫,也尽够我自己忙的了(不止我自己,还有那个仆人)。大的一只时常要跑出去,小的就不断地叫着。它们时常在我的脚边缠绕,一不小心就被踏上一脚或是踢翻个身。它们横着身子跑,因为把米粒黏到脚上,跑着的时候就答答地响着,像生了铁蹄。它们欢喜坐在门限上望着外面,见到后院的那条狗走过，它们就咻咻地叫着，毛都竖起来，急速地跳进房里。

为了它们，每次晚间回来都不敢提起脚步来走，只是溜着，开了灯，就看到它们偎依着在椅上酣睡。

渐渐地它们能爬到我的身上来了，还爬到我的肩头，它们就像到了险境，鸣叫着，一直要我用手把它们再捧下来。

这两只猫仔，引起了许多友人的怜爱，一个过路友人离开了这个城还在信中殷殷地问到。他说过要有那么一天，把这两只猫拿走的。但是为了病着的母亲的寂寥，我就把它们带到了××。

我先把它们的母亲送给了别人，我忘记了它们离开母亲会成为多么可怜的小动物。它们叫着，不给一刻的宁静，就是食物也不大能引着它们安静下去。它们东找找西找找，然后就失望地朝了我。好像告诉我它们是失去了母亲，也要我告诉它们：母亲到了哪里？两天都是这样，我都想再把那只大猫要回来了。后来友人告诉我说那个母亲也叫了几天，终于上了房，不知到哪里去了。

因为要搭乘火车的，我就在行前的一日把它们装到竹篮里。它们就叫，吵得我一夜也不能睡，我想着这将是一桩麻烦的事，依照路章是不能携带猫或狗的。

早晨，我放出它们喂，吃得饱饱的（那时候它们已经消灭了失去母亲的悲哀），又装进竹篮里。它们就不再叫了，一直由我把它们安然地带回我的母亲的身边。

母亲的病在那时已经是很重了，可是她还是勉强地和我说笑。她爱那两只猫，它们也是立刻跳到她的身前。我十分怕看和母亲相见相别时的泪眼，这一次有这两个小东西岔开了母亲的伤心。

不久，它们就成为一种累赘了。当着母亲安睡的时候，它们也许咪咪地叫起来。当着母亲为病痛所苦的时候，它们也许要爬到她的身上。在这情形之下，我只能把它们交付了仆人，由仆人带到他自己的房中去豢养。

母亲的病使我忘记了一切的事。母亲故去了许久，我才问仆人那两只猫是否还活下来。

仆人告诉我它们还活着的，因为一时的疏忽，它们的后腿冻跛了。可是渐渐地好起来，也长大了，只是不大像从前那样洁净。

我只是应着，并没有要他把它们拿给我，因为被母亲生前所钟爱，它们已经成为我自己悲哀的种子了。

二十五年三月三日

（《猫与短简》）

刘大杰（1904—1977），著名文学史家、作家和翻译家。1926 年毕业于武昌师范大学中文系。1930 年毕业于日本早稻田大学研究院。曾任上海大东书局编辑、安徽大学教授、四川大学中文系主任、暨南大学文学院院长。著有《中国文学发展史》《德国文学概论》《托尔斯泰研究》《易卜生研究》《东西文学评论》等；译有托尔斯泰《高加索囚人》《迷途》，杰克·伦敦《野性的呼唤》等。

病　猫

刘大杰

赵妈在她的对门村庄里王太太的家里籴米回来的时候，在黄昏山色中的树旁的草地上，看见躺着一只病猫，残喘的气息，微微的嘶声，无神的眼睛，蜷缩的弱躯，都表示它那微微的生命，在不久的时间里，就要与这个世界长辞！

善心慈意的赵妈看见了这只病猫，不觉地起了一阵怜念，把米放在地上，慢慢地把这只病猫轻轻地抱在怀里，再左手提起米，一步一步踱起回去。

赵妈到了家里，把这病猫放在寝室的东北角上的草篮里面，靠着这个草篮，正有一个小竹笼，里面有两只小鸡雏。

赵妈很爱这只病猫，天天晚晚总是经心经意地调护它。她又怕她儿子——云儿、雪儿扰它，她告诉她的儿子，说这个病猫诊好了，有很大的用处，第一可以捉老鼠，第二可以看守鸡雏，因为飞鹰是怕猫的。

云儿和雪儿听了他们母亲的话，格外地加意护卫这只病猫。他们又怕家里的黑狗咬它，他们只好把这黑狗监禁在厕所后面的空房里面。

病猫经赵妈的调护，一天一天地复原起来了。在第四天的上午，曾吃了半碗残饭和一条小鱼，第五天简直可以行动自由了。雪儿、云儿都欢喜到了极点，要求他们的母亲释放出这只重病初愈的猫的自由，赵妈竟然允许了。

第七天的下午，云儿送饭给猫吃的时候，猫不见了，屋子里面都找遍了，没有一点形影，隔壁家里也问尽了，都没有看见。

云儿和雪儿因为失了他俩的爱猫，都哭起来了。他俩的母亲到房里来看的时候，那个小竹篮的两只鸡雏，大的咬伤了，小的不见了，只见笼子的旁边有几枚鸡毛和几点鲜红的血渍。

（《海鸥集》）

秦瘦鸥（1908—1993），原名秦浩。上海嘉定人。毕业于国立上海商学院银行系。1949 年前后历任《大美晚报》《大英夜报》《译报》编辑，上海持志学院、大夏大学讲师，中国通商银行衡阳分行文书主任，香港《文汇报》副刊部主任，集文出版社编辑，上海文化出版社编辑室主任，上海文艺出版社、上海辞书出版社编审，上海市文联委员。1926 年开始发表作品。其长篇小说《秋海棠》曾被改编为话剧、沪剧、粤剧、评弹等，后又被改编成电影，还被译成多种外文出版。

失猫记

秦瘦鸥

最近我曾经有好几天精神上连续觉得很不愉快，那是为了家里走失了一头猫。

一头猫？

不错，正是一头猫，而且是一头毛片长得非常难看，谁见了也不会欢喜的小丑猫。

那不是让它走失了好吧！为什么要觉得不愉快呢？

要解释起来，当然又是情感的作用。

我家里向来不蓄猫的，鸡和狗也没有，甚至为了怕烦的缘故，连金鱼和小金钱龟之类也从来不曾养过。可是在去年秋天，为了家里那些老鼠闹得实在太不成话了，妻和我都感觉到有弄一头猫来镇压镇压的必要，同时三个小孩子也联名呈请，表示他们对于猫的爱好和家里缺少一头猫所感受的寂寞，最后归结到猫之不可不养。

就在这种"众论咸同"的情形之下，我们便开始物色起来。最初大家都以为是很容易的事，不料我家附近一带，猫的生产率竟非常低，妻逢人便托地找了七八天，也没有找到一头。这可把那三个孩子急坏了。有一天，他们终于不择手段地把邻家所养的一头小黑猫捉到了自己家里来，用强占的方式蓄养了两天，结果仍被邻家发觉，不但立将"原"猫索回，而且还几乎引起大纠纷。

这样一来，我们虽然觉得很没趣，但我家急于求猫的事却已遍传一里了，因此到得第二天，就有另一位芳邻派人送了一头小猫来；妻把竹篮打开一看，脸上立刻透出非常尴尬的神气，至少迟疑了两三分钟，才勉强装着笑，向那仆人称谢了几句，把猫收下。

据来人报告，这头小猫出生已经也有四五十多天了，可是它的身体却小得跟我的拳头差不多，毛色一团模糊，白的不白，黑的不黑，黄的不黄，简直没有一根颜色清楚的毛；而色调的分配也异常凌乱，不但去"乌云盖雪""双桃夹山"等等有名的典型甚远，便是比一般普通的猫，也要丑恶上几倍，我和妻看了都只是摇头。

"小猫，好啊，一头小猫！"孩子们的眼界当然没有大人那么高，也许他们根本就不懂得猫的美丑，所以一瞧这是长着一条尾巴和四条腿的猫，便高兴得欢呼起来了。

幼女的奶妈小心翼翼地从竹篮里把这头小丑猫捧了出来，

放在地下。

"当心它跑出去!"儿子慌不迭地喊起来。

可是出乎他的意外,这头猫竟并不跑,它仿佛走也很勉强,挣扎了四五分钟,仅仅走得两步路,马上又伏下了。

这就使我也失望了。

"恐怕养不活吧!"我向妻说。

妻连连摇头,大儿子也很不耐烦地走开了,只剩两个小女孩子和奶妈还保持着原有的一片热心。

"小猫,好小猫……"长女和幼女一齐蹲在那又丑又弱的小猫旁边,不住用手轻轻抚摸着它,像招待一个新来的小朋友一样。

同时奶妈也忙着找出一个破碗来替它准备饭食。

据长女当晚的报告,那只小丑猫的行动虽然迟缓无力,但吃的本能却还不曾减退到"水准以下",一天吃了半小碗饭,只是它太喜欢炉子了,始终伏在那里不肯离开。

"煨灶猫!"妻像诅咒似的说。

"夏天生的猫总是这样的。"奶妈在旁边添了一句注解,大有庇护的意思。

"这样的猫晚上小心给老鼠拖了去!"我打趣着说,于是大家都笑了。可是后来我们发现长女在临睡以前,竟悄悄地独自走下楼去,把厨房的门关上了。原来在她的幼稚的感觉上,已因我的打趣式的警告而产生了一种忧惧,深恐那些一向跋扈惯的老鼠先生,真会跑进厨房去把伏在煤炉底下的那头小丑猫吞吃掉或拖走。

谢谢天，这样反常的事情终于不曾演出来，仅仅因为那小猫自己太怕冷的缘故，屡次像"飞蛾扑火"似的钻进煤球炉下半部的灰炉中去，以致给陆续掉下来的火屑烫伤了好几处，而毛片的颜色也比先前更丑了。

有一天，火所给予它的创伤竟使它到了恹恹欲毙的境界，吃也吃不进，走也走不动，奶妈虽用重价的麻油替它敷了两三次，也不见效；到得第二天早上，差不多连呼吸也停止了。妻便狠一狠心，依照一般人家的习惯，下令把那垂毙的小猫抛到了垃圾桶边去。

那时候，长幼二女心中的悲伤，真不是一个"天真已泯"的成人所能描写出来的，她们不但哭，不但提出抗议，甚至连做功课的心绪也没有了。

"你看见过那只小猫吗？……真死了吗？……"她们几乎不停地轮流着向那两个佣人询问。

"当然是死啦！"儿子往往这样插嘴出来说，男人的心总比女人来得硬，可谓"于此益见"。

然而天下事每多出乎意外，大家以为它"必死无疑"的那头小丑猫，竟在一昼夜不近炉火的自然疗法之下，得庆更生了，并且它还自己一步步地挨到了我家的后门口来，有气无力地叫着。

这哪儿还有不收留之理？

从此大约又过了三四个月，它的正常的发育渐渐增强了，它抵抗一切的能力使它不需要再日夜紧靠着那煤球炉，而它活动的范围也渐渐扩展到了楼下的任何一隅。不过当它走进客室时，总欢喜直接往沙发上跳，在白色的套子上留下许多梅花形的足迹。

当然它还相当地怕冷，一瞧见阳光就非常欢喜，只要是晴天，我家这头小丑猫是难得会和阳光分离的。

"像这种猫养三五年也不会捉老鼠！"妻时常很肯定地说。

但在某一个初冬的早上，我们的小丑猫竟毫不假借地捉到了一头"中等身材"的活鼠，并且还衔着它在各间屋子里乱转，仿佛存心要让大家瞧一瞧它的颜色似的。

妻禁不住也欢然大笑起来。

三个孩子那还用说吗？简直兴奋得像他们自己捉着了一头老鼠一样，最小的女儿爽快丢下了一切，跟定在那个小猫的后面，跑东跑西地忙着，直到老鼠给猫吃完才歇手。

"明天一定要多买些鱼给它吃，别忘啦！"她又竭力替那小猫请奖，不但跟她母亲这样说，而且还一再地直接去嘱咐那女佣。

这项请求自然是"相应照办"，事实上我们给予它的奖励打那天起就没有停过，鲜鱼啊，牛肉啊，羊肚肠啊，几乎天天不断，外加孩子们从自己嘴里省下来的各种食物，如面包、蛋糕之类，也常常可以让它尝新。

普通的猫好像都是不吃面食的，尤其是甜的东西，但我们那头小丑猫却什么都吃。只要你丢下去，它就会吃，后来竟养成了一种习惯,不论我们在吃饭或是吃点心的时候,它总要跑过来,咪呜咪呜地乱叫,非待桌子上有东西丢下去不肯停止。

又隔了几时,它爽快学会偷食的本领了,不但菜橱里的东西往往不翼而飞,便是刚从市上买来的鲜鱼肉,也会给它冷不防地衔走,恨得人牙痒痒地只想打它。

可是它也很有灵性呢!

当我在晚上回去的时候,只要后门一开,第一个迎上来的必然就是它,即使它已蜷伏在煤球炉附近睡熟了,也会突然醒过来,摇着它那怪长的尾巴,一路发出昵人的叫声,一路缠绕我,打楼下一直跟到楼上;必须待我低喝了一声"下去",它才懒洋洋地独自退下去。最初妻还不信,后来她自己亲眼瞧见了好几次,才知道我确非过誉。并且她还利用了它这一点灵性,推而广之地完成了训导的任务,使那小丑猫渐渐地听话起来,不再偷拿,不再随地大小便,甚至竟能出人意外地虽与小鸡同处而不稍侵犯,致令一里传为美谈。

可惜训导纯熟后不久,它的躯体的发育和春天的刺激,竟使它打某一个晚上起,总得悄悄地溜出去,直到第二天早上才回来;几天之后,终于一去不返了。照它原有的灵性来看,似乎不致会跟了它的情人出奔,所以我很忧虑它已经遭了什么不幸。然而我们也无法四处八方地去打听哪!

从此,我回家的时候,再也不会受到这一头小动物的忠诚而热烈的欢迎了。

徐懋庸（1911—1977），现代作家、文学翻译家。浙江上虞人。1921年高小毕业后辍学。1922年后成为小学教师。1930年到浙江临海中学任教。1933年回到上海，开始写杂文并向《申报·自由谈》投稿，同年参加中国左翼作家联盟。1938年赴延安，后任抗日军政大学政教科长、晋冀鲁豫边区文联主任、冀察热辽联合大学校长等职。1957年被错划为右派。著有《徐懋庸杂文集》《徐懋庸回忆录》等。

羊和猫

徐懋庸

大凡学习法文的人，到了读选文的时候，总要读到一篇东西：都德（A. Daudet）的《塞根先生的山羊》（*La Chevre de monsieu Seguin*）。

这是说塞根先生先后养了许多山羊，但那些山羊先后地逃走了。原因是，它们不堪绳子和栅门的羁勒锢闭，而憧憬于后山的生活。那里，虽然有狼，但是可以随意地跳，随意地跑，随意地打滚；狼来的时候，则可以用了两只角去对付。而这里，园子虽然整洁，草儿虽然鲜嫩，主人虽然爱护备至，但绳子和栅门到底太难堪了，所以一有机会，它们都挣脱了绳子，溜出了栅门，跑到后山去，过了一天新生活之后，晚上遇着狼，就战到力尽，然后倒毙，死而无悔。

这样，塞根先生从不曾养牢过一只山羊。即使把绳子放长，把先前的山羊遇狼的故事引以为戒，但他的山羊总是一只一只地逃了去。

和这故事相反的是左拉（Zola）的《猫的天堂》（*Le Paradis des Chats*）。

那是说一个太太所养的一只猫，也因为厌倦了温暖、舒适的牢狱似的生活，逃出外面，与群猫为伍，想过自由的生活。可是过不到一天，它就恐慌起来了，它看到所谓自由的生活，是淋雨、挨饿、奔波、逃避……它要求一只雌猫送它回到了老家，它留她一同过它所过的生活，但她不屑地走了。女主人因为它曾逃走，把它打了一顿，接着就拿肉给它吃，所以它下结论说："挨打而有肉吃的地方，就是我们猫的天堂。"

都德和左拉都是法国的大作家，他们都有别的伟大的作品在。上面所举的，不过是小品而已，但即是小品，也何等可爱。先前分别地读过，也曾感动，今天一起想了起来，觉得他们不谋而合地写出这样的作品来，其中一定含着并非偶然的社会的意义。

萧　红（1911—1942），原名张迺莹。中国近现代女作家，"民国四大才女"之一，被誉为"30年代文学洛神"。1927年考入哈尔滨市东省特别区区立第一女子中学（现为哈尔滨市萧红中学）。1930年进入女师附中读书。1935年，在鲁迅的支持下，发表了成名作《生死场》。1936年东渡日本，并写下了散文《孤独的生活》，长篇组诗《砂粒》等。1940年抵香港，之后发表了中篇小说《马伯乐》和著名长篇小说《呼兰河传》。《呼兰河传》是萧红后期的代表作，也是萧红一生中最重要的作品。

花　狗

萧　红

在一个深奥的、很小的院心上，集聚几个邻人。这院子种着两颗大芭蕉，人们就在芭蕉叶子下边谈论着李寡妇的大花狗。

有的说：

"看吧，这大狗又倒霉了。"

有的说：

"不见得，上回还不是闹到终归儿子没有回来，花狗也饿病了，因此李寡妇哭了好几回……"

"唉，你们就别说啦，这两天还不是吗，那大花狗都站不住了，若是人一定要扶着墙走路……"

人们正说着，李寡妇的大花狗就来了。它是一条虎狗，头是大的，嘴是方的，走起路来很威严，全身是黄毛带着白花。它从芭蕉叶里露了出来，站在许多人的面前，还勉强地摇一摇尾巴。

但那原来的姿态完全不对了，眼睛没有一点光亮，全身的毛好像要脱落似的在它的身上飘浮着。而最可笑的是它的脚掌很稳地抬起来，端得平平地再放下去，正好像希特勒的在操演的军队的脚掌似的。

人们正想要说些什么，看到李寡妇戴着大帽子从屋里出来，大家就停止了，都把眼睛落到李寡妇的身上。她手里拿着一把黄香，身上背着一个黄布口袋。

"听说少爷来信了，倒是吗?"

"是的，是的，没有多少日子，就要换防回来的……是的……亲手写信来……我是到佛堂去烧香，是我应许下的。只要老佛保佑我那孩子有了信，从那天起，我就从那天三遍香烧着，一直到他回来……"那大花狗仍照着它平常的习惯，一看到主人出街，它就跟上去，李寡妇一边骂着就走远了。

那班谈论的人，也都谈论一会各自回家了。

留下了大花狗自己在芭蕉叶下蹲着。

大花狗，李寡妇养了它十几年，李老头子活着的时候，和她吵架，她一生气坐在椅子上哭半天会一动不动的，大花狗就陪着她蹲在她的脚尖旁。她生病的时候，大花狗也不出屋，就在她旁边转着。她和邻居骂架时，大花狗就上去撕人家衣服。她夜里失眠时，大花狗摇着尾巴一直陪她到天明。

所以她爱这狗胜过于一切了，冬天给这狗做一张小棉被，夏天给它铺一张小凉席。

李寡妇的儿子随军出发了以后，她对这狗更是一时也不能离开的，她把狗看成个什么都能了解的能懂人性的了。

有几次她听了前线上恶劣的消息，她竟拍着那大花狗哭了好几次，有的时候像枕头似的枕着那大花狗哭。

大花狗也实在惹人怜爱，卷着尾巴，虎头虎脑的，虽然它忧愁了、寂寞了、眼睛无光了，但这更显得它柔顺，显得它温和。所以每当晚饭以后，它挨着家是凡里院外院的人家，它都用嘴推开门进去拜访一次，有剩饭的给它，它就吃了，无有剩饭，它就在人家屋里绕了一个圈就静静地出来了。这狗流浪了半个月了，它到主人旁边，主人也不打它，也不骂它，只是什么也不表示，冷静地接得了它，而并不是按着一定的时候给东西吃，想起来就给它，忘记了也就算了。

大花狗落雨也在外边，刮风也在外边，李寡妇整天锁着门到东城门外的佛堂去。

有一天她的邻居告诉她：

"你的大花狗，昨夜在街上被别的狗咬了腿流了血……"

"是的，是的，给它包扎包扎。"

"那狗实在可怜呢，满院子寻食……"邻人又说。

"唉，你没听在前线上呢，那真可怜……咱家里这一只狗算什么呢？"她忙着话没有说完，又背着黄布口袋上佛堂烧香去了。

等邻人第二次告诉她说：

"你去看看你那狗吧！"

　　那时候大花狗已经躺在外院的大门口了，躺着动也不动，那只被咬伤了的前腿，晒在太阳下。

　　本来李寡妇一看了也多少引起些悲哀来，也就想喊人来花两角钱埋了它。但因为刚刚又收到儿子的一封信，是广州退却时写的，看信上说儿子就该到家了，于是她逢人便讲，竟把花狗又忘记了。

　　这花狗一直在外院的门口，躺了三两天。

　　是凡经过的人都说这狗老死了，或是被咬死了，其实不是，它是被冷落死了。

老　舍（1899—1966），本名舒庆春，字舍予。现代著名小说家、文学家、戏剧家。1918 年毕业于北京师范学校。1924 年赴伦敦大学东方学院华语学系任华语讲师，并开始文学创作。1929 年回国。20 世纪 30 年代先后任教于齐鲁大学和山东大学。1946 年接受美国国务院邀请赴美讲学，1949 年回国。"文化大革命"中遭受迫害，于 1966 年 8 月 24 日深夜含冤自沉于北京西北的太平湖。著有《老张的哲学》《四世同堂》《骆驼祥子》《茶馆》等。

狗之晨

老　舍

东方既明，宇宙正在微笑，玫瑰的光吻红了东边的云。大黑在窝里伸了伸腿；似乎想起一件事，啊，也许是刚才做的那个梦；谁知道，好吧，再睡。门外有点脚步声！耳朵竖起，像雨后的两枝慈姑叶；嘴，可是，还舍不得项下那片暖、柔、有味的毛。眼睛睁开半个。听出来了，又是那个巡警，因为脚步特别笨重，闻过他的皮鞋，马粪味很大；大黑把耳朵落下去，似乎以为巡警是没有什么趣味的东西。但是，脚步声到底是脚步声，还得听听；啊，走远了。算了吧，再睡。把嘴更往深里顶了顶，稍微一睁眼，只能看见自己的毛。

刚要一迷糊，哪来的一声猫叫？头马上便抬起来。在墙头上呢，一定。可是并没看到；纳闷：是那个黑白花的呢，还是那个狸子皮的？想起那狸子皮的，心中似乎不大起劲；狸子皮的抓破过大黑的鼻子；不光荣的事，少想为妙。还是想那个黑白花的吧，那天不是大黑几乎把黑白花的堵在墙角吗？这么一想，喉咙立刻痒了一下，向空中叫了两声。

"安顿着，大黑！"屋中老太太这么喊。

大黑翻了翻眼珠，老太太总是不许大黑咬猫！可是不敢再作声，并且向屋子那边摇了摇尾巴。什么话呢，天天那盆热气腾腾的食是谁给大黑端来？老太太！即使她的意见不对也不能得罪她。什么话呢，大黑的灵魂是在她手里拿着呢。她不准大黑叫，大黑当然不再叫。假如不服从她，而她三天不给端那热腾腾的食来？大黑不敢再往下想了。

似乎受了刺激，再也睡不着；咬咬自己的尾巴，大概是有个狗蝇，讨厌的东西！窝里似乎不易找到尾巴，出去。在院里绕着圆圈找自己的尾巴，刚咬住，"不棱"，又被（谁?）夺了走，再绕着圈捉。有趣，不觉地嗓子里哼出些音调。

"大黑！"

老太太真爱管闲事啊！好吧，夹起尾巴，到门洞去看看。坐在门洞，顺着门缝往外看，喝，四眼已经出来遛早了！四眼是老朋友：那天要不幸亏是四眼，大黑一定要输给二青的！二青那小子，处处是大黑的仇敌：抢骨头，闹恋爱，处处他和大黑过不去！假如那天他咬住大黑的耳朵？十分感激四眼！"四眼！"热情地叫着。四眼正在墙根找到包箱似的方便所在，刚要抬腿；"大黑，快来，到大院去跑一回？"

大黑焉有不同之理，可是，门，门还关着呢！叫几声试试，也许老头儿就来开门。叫了几声,没用。再试试两爪,在门上抓了一回,门纹丝没动!

眼看着四眼独自向大院跑去!大黑真急了,向墙头叫了几声,虽然明知道自己没有上墙的本领。再向门外看看,四眼已经没影了。可是门外走着个叫化子,大黑借此为题,拼命地咬起来。大黑要是有个缺点,那就是好欺侮苦人。见汽车快躲,见穷人紧追,大黑几乎由习惯中形成这么两句格言。叫化子也没影了,大黑想象着狂咬一番,不如是好像不足以表示出自己的尊严,好在想象是不费什么实力的。

大概老头儿快来开门了,大黑猜摸着。这么一想,赶紧跑到后院去,以免大清早晨的就挨一顿骂。果然,刚到后院,就听见老头儿去开街门。大黑心中暗笑,觉得自己的智慧足以使生命十分有趣而平安。

等到老头儿又回到屋中,大黑轻轻地顺着墙根溜出去。出了街门,抖了抖身上的毛,向空中闻了闻,觉得精神十分焕发。然后又伸了个懒腰,就手儿在地上磨了磨脚指甲,后腿蹬起许多的土,沙沙地打在墙上,非常得意。在门前蹲坐起来,耳朵立着,坐着比站着身量高,加上两个竖立的耳朵,觉得自己很伟大而重要。

刚这么坐好,黄子由东边来了。黄子是这条胡同里的贵族,身量大,嘴是方的,叫的声音瓮声瓮气。大黑的耳朵渐渐往下落,心里嘀咕:还是坐着不动好呢,还是向黄子摆摆尾巴好呢,还是以进为退假装怒叫两声呢?他知道黄子的厉害,同时,又要顾及自己的尊严。他微微地回了回头，呕，没关系，坐在自己门门口还有什么危险？耳朵又微微地往上立，可是其余的地方都没敢动。

黄子过来了！在离大黑不远的一个墙角闻了闻，好像并没注意大黑。大黑心中同时对自己下了两道命令："跑！""别动！"

黄子又往前凑了凑，几乎是要挨着大黑了。大黑的胸部有些颤动。可是黄子还好似没看见大黑，昂然地走过去。他远了，大黑开始觉得不是味道：为什么不乘着黄子没防备好而扑过去咬他一口？十分地可耻，那样地怕黄子。大黑越想越看不起自己。为发泄心中的怒气，开始向空中瞎叫。继而一想，万一把黄子叫回来呢？登时立起来，向东走去，这样便不会和黄子走个两碰头。

大黑不像黄子那样在道路当中卷起尾巴走，而是夹着尾巴顺墙根往前溜；这样，如遇上危险，至少屁股可以拿墙做后盾，减少后方的防务。在这里就可以看出大黑并不"大"：大黑的"大"和小花的"小"，都不许十分叫真的。可是他极重视这个"大"字，特别和他主人在一块的时候，主人一喊"大"黑，他便觉得自己至少有骆驼那么大，跟谁也敢拼一拼。就是主人不在眼前的时候，他也不敢承认自己是小，因为连不敢这么承认还不肯卷起尾巴走路呢；设若根本地自认藐小，那还敢出来走走吗？"大"字是他的主心骨。"大"字使他对小哈巴狗、瘦猫、叫化子，敢张口就咬；"大"字使他有时候对大狗——像黄子之类的——也敢露一露牙和嗓子眼里细叫几声；而且主人在跟前的时候，"大"字使他甚至于敢和黄子干一仗，虽明知必败，而不得不这样牺牲。狗的世界是不和平的，大黑专仗着这个"大"字去欺软怕硬地享受生命。

大黑的长相也不漂亮，而最足自馁的是没有黄子那样的一张方嘴。狗的女性们，把吻永远白送给方嘴；大黑的小尖嘴，猛看像个子粒不足的"老鸡头"，就是把舌头伸出多长，她们连向他笑一下都觉得有失尊严。这个，大黑在自思自叹的时候，不能不归罪于他的父母。虽然老太太常说，大黑的父亲是饭庄子的那个小驴似的老黑，他十分怀疑这个说法。况且谁是他的母亲？没人知道！大黑没有可靠的家谱作证，所以连和四眼谈话的时候，也不提家事；大黑十分伤心。更不敢照镜子；地上有汪水，他都躲开。对于大黑，顾影是不能引起自怜的。那条尾巴！细，软，毛儿不多，偏偏很长，就是卷起来也不威武，况且卷着还很费事；老得夹着！

大黑到了大院。四眼并没在那里。大黑赶紧往四下看看，好在二青什么的全没在那里，心里安定了些。由走改为小跑，觉得痛快。好像二青也算不了什么，而且有和二青再打一架的必要。再和二青打的时候，顶好是咬住他一个地方，死不撒嘴，这样必能制胜。打倒了二青，再联络四眼战败黄子，大黑便可以称雄了。

远处有吠声，好几个狗一同叫呢。细听，有她的声音！她，小花！大黑向她伸过多少回舌头，摆过多少回尾巴；可是她，她连正眼瞧大黑一眼也不瞧！不是她的过错；战败二青和黄子，她自然会爱大黑的。大黑决定去看看，谁和小花一块唱恋歌呢。快跑。别，跑太快了，和黄子碰个头，可不得了：谨慎一些好。四六步儿地跑。

看见了：小花，喝，围着七八个，哪个也比大黑个子大，声音高！无望！不便于过去。可是四眼也在那边呢；四眼敢，大黑为何不敢？可是，四眼也个子不小哇，至少四眼的尾巴卷得有个样儿。有点恨四眼，虽然是好朋友。

大黑叫开了。虽然不敢过去，可是在远处示威总比那一天到晚闷在家里的小哈巴狗强多了。那边有个小板凳狗，安然地在家门口坐着，连叫也不敢叫；大黑的身份增高了很多，凡事就怕比较。

那群大狗打起来了。打得真厉害，啊，四眼倒在底下了。哎呀四眼；呕，活该；到底他已闻了小花一鼻子。大黑的嫉妒把友谊完全忘了。看，四眼又起来了，扑过小花去了，大黑的心差点跳出来了，自己号着转了个圆圈。啊，好！小花极骄慢地躲开四眼。好，小花！大黑痛快极了。

那群大狗打过这边来了，大黑一边看着一边退步，心里说：别叫四眼看见，假如一被看见，他求我帮忙，可就不好办了。往后退，眼睛呆看着小花，她今天特别地骄傲、好看。大黑恨自己！退得离小板凳狗不远了，唉，拿个小东西杀杀气吧！闻了小板凳一下，小板凳跳起来，善意地向大黑腿部一扑，似乎是要和大黑玩耍玩耍。大黑更生气了：谁和你个小东西玩呢！牙露出来，耳朵也立起来示威。小板凳真不知趣：轻轻抓了地几下，腰儿塌着，尾巴卷着直摆。大黑知道这个小东西是不怕他，嘴张开了，预备咬小东西的脖子。正在这个当儿，大狗们跑过来了。小板凳看着他们，小嘴儿噘着巴巴地叫起来，毫无惧意。大黑转过身来，几乎碰着黄子的哥哥——比黄子还大，鼻子上一大道白，这白鼻梁看着就可怕！大黑深恐小板凳的吠声引起他们的注意，而把大黑给围在当中。可是他们只顾追着小花，一群野马似的跑了过去，似乎谁也没看见大黑。大黑的耻辱算是到了家，他还不如小板凳硬气呢！

似乎得设法叫小板凳看出大黑是和那群大狗为伍的：好吧，向前赶了两步，轻轻地叫了两声，瞭了小板凳一眼，似乎是说：你看，我也是小花的情人；你，小板凳，只配在这儿坐着。

风也似的，小花在前，他们在后紧随，又回来了！躲是来不及了，大黑的左右都是方嘴——都大得出奇！他的全身没有一根毛能舒坦地贴着肉皮了，全离心离骨地立起来。他的腿好像抽出了骨头，只剩下些皮和筋，而还要立着！他的尖嘴向四周纵纵着，只露出一对大牙。他的尾巴似乎要挤进肚皮里去。他的腰躬着，可是这样缩短，还掩不住两旁的筋骨。小花，好像是故意的，挤了他一下。他一点也不觉得舒服，急忙往后退。后腿碰着四眼的头。四眼并没招呼他。

一阵风似的，他们又跑远了。大黑哆嗦着把牙收回嘴中去，把腰平伸了伸，开始往家跑。后面小板凳追上来，一劲儿巴巴地叫。大黑回头呲了呲牙：干吗呀，你！似乎是说。

回到家中，看了看盆里，老太太还没把食端来。倒在台阶上，舐着腿上的毛。

"一边去！好狗不挡道，单在台阶上趴着！"老太太喊。

翻了翻白眼，到墙根去卧着。心中安定了，开始设想：假如方才不害怕，他们也未必把我怎样了吧？后悔：小花挤了我一下，假如乘那个机会……决定不行，决定不行！那个小板凳！焉知小板凳不是个女性呢，竟自忘了看！谁和小板凳讲交情呢！

门外有人拍门。大黑立刻精神起来，等着老太太叫大黑。

"大黑！"

大黑立刻叫起来，往下扑着叫，觉得自己十二分地重要、威严。老太太去看门，大黑跟着，拼命地叫。

送信的。大黑在老太太脚前扑着往外咬。邮差安然不动。老太太踢了大黑一腿："怎么这么讨厌，一边去！"

大黑不敢再叫，随着老太太进来，依旧卧在墙根。肚中发空，眼瞭着食盆，把一切都忘了，好像大黑的生命存在与否只看那个黑盆里冒热气不冒！

周建人（1888—1984），初名松寿，后改名建人，字乔峰，笔名克士等。鲁迅三弟。1905年任绍兴僧立小学教师、校长。1909年以后参加鲁迅组织的各种活动，并加入文学团体越社。1920年入北京大学旁听攻读哲学。1921年任上海商务印书馆编译所编辑。1923年开始在上海大学讲授进化论。先后在神州大学、上海暨南大学、安徽大学任教授。主要著作有《论优生学与种族歧视》《花鸟鱼虫及其他》等。主要译作有《物种起源》（合译）、《吸血节足动物》等。

讲　狗

周建人

讲起狗，几乎没有人不知道它是"粽子脸，梅花脚"的那一种走兽。它的毛色虽有黄，有黑，有黑白相间，或者还有别的变化。但它会摇头，会摆尾，并且会汪汪地叫，这些特性，叫人一见之后，不会忘记。普通狗的脸都有点像粽子，但也有"凹脸塌鼻头"，好像要装作狮子脸，然而又不像。养狗的专家说世界上的狗约有二百种，有的身体很高大，有的小到只像一只猫。然而我们见了无论哪种狗，一见便知道它是狗，绝不会误看作别的走兽。因为狗的特性我们知道得很清楚。

世界上各处的居人，除却南海群岛之外，都养狗，因为狗有各种用处。猎人必须养狗，它替他找寻野味，捕捉野兽。又狗极警觉，猎人夜间如宿在帐篷里，有狗在旁，可以免除或减少被猛兽袭击的危险。爱斯基摩人①叫狗拉雪车。呵华特说有些地方的人又叫狗捉鱼。它会把鱼赶到浅滩上，从水里捉起它们来。遇到战争时，救护员常须带狗，叫它去寻找伤兵，此外还有别种用途。狗的形状不怎么美好，它的叫声也并不佳妙，直从远古时代养下来，今日凡有人烟之处，几乎无不养狗。可见大有原因了。但是狗到变把戏的手里，生活真无聊。猴子骑在背上，打一个圈子，有什么意思呢。被牵在摩登女人的手里，路旁一耸一耸地走着，也一样地无聊。然而狗没有什么自觉力，并不以为苦。上海有一派的乞丐，养着一只狗，出来要钱时，自己坐着，叫狗前足跪下，后足立直，屁股耸得高高的跪在旁边。这简直是受苦刑了，然而狗好像并不怨恨。

　　西洋的作者中，讲起狗，常常说它是人类的朋友。我想未必然。人的养狗，只因为它对于人有用，无论猎人叫它帮同打猎，或渔人叫它帮同捉鱼等都是。富人养狗，是为了有了保险箱还怕不够牢靠。变把戏的养狗是为了赚钱，乞丐养狗是为了叫它代替自己跪求。摩登女人养狗是因为玩到没有东西可玩了，遂来玩狗；这即使不是利用，至少是玩弄。

　　有时作者常说狗很可爱。我想也没有什么可爱。我觉得狗太会叫，吵得人不安。早晨四点钟天还没有亮，丝厂里的汽笛便发大声叫唤工人，报告已开厂。工人提了冷饭进厂去，往往有狗追着叫。有经验的人说善叫的狗不咬人，哑狗倒更凶；然

---

　　① 即因纽特人。——编者注。

而便是这叫声已经够讨厌了。我的不爱好狗，不是全因感情作用，是更有别的理由，我常见富人的狗看见穷人常常要叫，穷人的狗看见富人却常常不叫。这不由得叫人觉着狗心势利，缺乏理智，不可以做朋友。我又常见狗受它的主人的指使时，便奋不顾身地去咬生人，被主人打骂时却俯首贴耳，表示服从，还要摇摇尾巴，表示亲密。我记得法国的大名家蒲封曾说过，狗有不思报复、单知服从、没有野心等德性，这些性质我实在不敢称赞。狗的用处，在某些方面，当然也很大，对于猎人、探险者等，的确大有帮助，它的用处我决不肯一笔抹煞；但是对于有些夸奖的话，不敢赞同。它比之于象或熊，性质实在卑劣。象对于人，性质也很驯良的，但它能辨别好坏，知道敌和友。熊不喜欢随便攻击人或兽类，但它如觉得必须抵抗时，它便凭它的大力进攻，决不让步，不像狗的看见徒手的人便叫，拾起石子，它逃去了。但是狗的性质如果单单存留在狗身上，那倒还没有什么要紧，如果被人学去，事情将更糟糕。狗性质一经跑进人体，他不但学会了摇头摆尾，而且他会得把无论什么都很爽气地卖掉或送掉！

胡愈之 (1896—1986)，原名学愚，字子如，笔名胡芋之等。绍兴上虞丰惠镇人。1911 年考入绍兴府中学堂。1912 年入杭州英语专科学校。1914 年考入上海商务印书馆为练习生。1915 年起任《东方杂志》编辑。1920 年与茅盾、郑振铎等发起成立文学研究会。1921 年创办上虞第一份报纸《上虞声》。1935 年与沈钧儒等发起组织救国会。1936 年协助邹韬奋在香港创办《生活日报》。抗战胜利后创办新南洋出版社，在新加坡创办《南侨日报》、《风下》周刊、《新妇女》杂志。曾任《光明日报》总编辑。

X 市的狗

胡愈之

在我们的读者中间，大概有好几位是曾经到过 S 市，或者是居住在 S 市的。列位大概都知道 S 市是东方最繁盛的都市，是物质文明集合的中心点；那边的人们，吃的、着的、住的、逛的，比在别处都要好。可是除了十几层高的洋楼、十多丈阔的马路以外，这 S 市的文化，还有一个特点，却少有人知道。这特点是什么？原来就是狗道主义。狗，在 S 市是特别被尊崇的。S 市的法律对于狗的生命安全，保护得十分周到。没有人敢杀害它，虐待它。狗的一切享受，也与众不同。初次来到 S 市的乡下曲辫子，见了那边的哈巴狗，住的是清洁的洋楼，套的是金银的项索，吃的是牛肉和乳酪，出来乘着龙飞行的汽车，亲着洋太太的香吻，都不免摇摇头，叹一声"我不如也"。所谓 S 市的狗道主义便是如此的。

此外更有许多事实可以证明 S 市的狗道主义的发达。S 市的公园，门口都挂着一块牌子，写着"狗与□人不准入内"。自然，一切的牲畜都是禁止走入公园的。但是没有写着"狮子不准入内""老虎不准入内""猪不准入内""牛不准入内"，却单写着"狗与□人不准入内"，可见对于狗的地位的重视，至少，在 S 市的人们看来，狗和某种的人类是立于平等地位了。而且，这一条法律，也不是没有例外的。据说，狗，只要穿戴了人的衣冠，依旧可以走进公园里去，并不加以禁阻，但是自从 S 市开辟公园以来，却不曾见有四足的动物，着着 overcoat，带着大礼帽，假扮了人模样，在公园里散步。可见，虽然是狗，实在也颇知自爱呢。

再举一个例：假如你在 S 市开着汽车，撞死了一个不相干的人，那没有什么大不了的事，你只消到法庭里去申辩一下，那公正的法官，便"援笔判道"："死者系在自不小心，着尸属具结领回，汽车夫开释。"但你要是运道不好，在马路上撞坏了一条狗腿，而那狗又是某洋太太所最钟爱的，你可就没有这么便宜了。你至少也得赔偿医药费五十元，才能了事。这是因为在 S 市有一句俗语："只有不小心的人，没有不小心的狗。"把人撞坏了，那也许由于被撞的人自不小心；要是把狗撞坏了，那罪一定在于撞狗的人，而不在于被撞的狗，因为狗是决不至于不小心的。就这一个例，更可以看出狗道主义的精义的一斑。

但是现在我所要讲的，却是另一个故事，这故事不是讲 S 市的狗，而是讲 X 市的狗的。X 市和 S 市不同，在那边狗道主义还未昌明，因此狗竟不齿于人类。话虽如此，X 市的狗却不是无用的狗。它们能拉车，能负重，能做一切的工作。X 市的人们差不多全是靠了狗才能生活。但是狗虽做了最大的职务，却只得了最小的报酬。它们替人做了许多事，把生命的全部都耗尽了，但结果竟不得一饱。连它们所应得的骨头，也不能得到。在 X 市的人们看来，以为这不算不公平，这是当然的事：凡牲畜本来比奴隶还要下等，而狗却比奴隶的奴隶还要下等。狗是受人类豢养的，如果没有人类，也就没有狗类。所以苦工是狗的本分，而骨头却是人的恩泽。狗有做苦工的义务，而没有要求骨头的权利。这是在 X 市所公认的道德原则。

向来 X 市的狗都是非常安分，而且对于此种道德原则，是谨守不渝的。但是道德虽高妙，究竟不能装满肚腹。狗的智慧虽不如人，生理的构造却和人差不了多少。肚饿了究竟是无法可想的。因此，有一天，X 市的狗从来不吠的，居然猖猖地吠了起来。这意思是多给一块骨头。这本来是违反 X 市的道德的。X 市的人把狗吠当作了一件不大吉利的事。但是又有什么法想呢？要是天天狂叫起来，荒废工作，人类的损失可是不小。到了最后，人居然让步了，和狗订了一个契约，以后多给一块骨头，但不许乱叫。总算万幸，一场狗风潮就此平息了。

但是人到底比狗聪明得多，他知道此风断不可长，风潮虽幸而平息，却不可不下一番辣手，以儆将来。否则狗胆日益张大，后患何堪设想！因此虽然已经允许了多给一块骨头，到了风潮平息后，依旧不给。狗自然不肯干休，这一次不单是狂叫，而且张着狰狞的牙齿，仿佛要咬人的样子。狗是激成愤怒了，谁知这正中了人的恶计。X市全体的人们便都嚷着道："不得了，不得了，狗咬起人来了，这些狗一定是疯了，为了X市的治安，为了人类的生命的安全，快来打死这疯狗，快来打死这疯狗！"

轰轰地两声，枪弹穿进了两只狗的肚腹。

又是轰轰轰地接连十几声，枪弹穿进了十几只狗的肚腹。

"为了X市的治安，为了人类生命的安全，快来打死这疯狗，快来打死这疯狗！"

明天X市的报纸登了一条新闻，说道："昨天某处打死了两只公狗。"许多读报纸的人都不满意，他们说："打死两只狗，也值得上报吗？"

以后的事情却不曾知道。但据新从X市回来的人说，那边的狗虽然打死了好多只，但是那些没有打死的，却都已传染了疯狗毒，现在真的咬起人来了。被咬死的人也有不少。那人回来的时候，X市正闹着疯狗问题呢。

读完了这一篇故事的人，一定要感叹着说："同是狗也，何幸而为S市的狗，何不幸而为X市的狗！"但是著者的见解却又不同，著者以为S市的狗虽然养尊处优，但是它的地位到底也不见得很高，因为真正的幸福是自己去挣得的，而不是可以赐予的。至于X市的狗，本来只求多得一块骨头，填填它的肚腹，现在骨头虽不曾到手，它的肚腹却已装满了枪弹了，这不是一样的有幸吗？

秦　牧（1919—1992），广东澄海人。著名作家。1922年随父母迁居新加坡，后回到故乡澄海。在乡间读完小学后，升入汕头市立一中，后转到香港就读高中。抗日战争时期，他在香港华侨中学念高中三年级，遂中止学业。1938年到广州参加抗日救亡宣传活动，开始在广州报刊上发表作品。1941年在桂林的中山中学教书，并从事写作，开始涉足文坛。历任中华书局广州编辑主任、《羊城晚报》副总编辑、《作品》杂志主编、广东省文联副主席、中国作协广东分会副主席、中国作协理事、全国文联委员、暨南大学中文系主任。代表作品有《土地》《长河浪花集》。

叭儿狗与仙人球

秦　牧

1945年，我在重庆参观了一个富丽典雅的客厅。

这客厅，墙壁上挂着几幅主人祖宗的油画像：身穿天蓝色箭衣，外罩紫酱色马褂，帽上有顶珠，足着粉底朝靴，正襟危坐的是主人的祖父；凤冠霞帔，耳环玉佩一应俱全，因为表情太紧张弄得嘴巴有点窝斜的是主人的祖母；穿民国初年的所谓燕尾礼服，一只手拿书，一只手拿礼帽的是主人的令尊……主人听说很崇拜孔子，但在他的私人客厅之间，那个道貌岸然的山东老头儿可别想窜进来……这之外，墙壁上的字画，有篆隶草书，也有图画正宗的水墨画，有工笔的《美人修竹图》，总之很古雅。此外，波斯地毡铺在大厅中心，楠木桌子上陈有雨过天青大磁瓶，不是乾隆的就是雍正的。不用说了，这客厅看来与几十年前巨宅大户中的并无分别，但时代毕竟不同，在厅角

里，也有牛奶色的冰箱在闪光了！主人，虽说动不动就搬出
"曾文正公"，而且据说经常在养其浩然之气，但行为却不很古
雅。例如他对于做美钞生意便真是兴致奇高，他又爱赌，更擅
于批评人家的思想欠纯正，他虽然还带着死去祖宗的气味，但
已经扮相漂亮，不失为 1945 年的人物了。

这客厅，就像一个穿着弓鞋的女人忽然登台表演草裙舞似
的，她自己不尴尬，却使你一看了就肉麻。这客厅，真所谓纤
尘不染，阴沉，死寂；小孩子在这儿哇一声，立刻就有大手掌
把他提走。除了叉麻将声，念佛吐痰声，弹指甲声，打呵欠声，
讲大道理声，是很少有其他声音了。

起初，我以为在这儿生存成长的，除了主人一系的人物外，
没有其他生物，但仔细观察，大谬不然，原来还有一头叭儿狗，
还有两盆仙人球，在无生气的客厅里点缀风光。这叭儿狗和仙
人球太需要介绍了，我所以噜噜苏苏写了一大堆那客厅的物事，
无非想让大家知道这叭儿狗和仙人球是生活在怎样的境地里
罢了。

主人的叭儿狗生得十分娇小玲珑，比一只野猫还要小。它
毛片柔长鬈曲，躺在波斯地毡上就像一个毛球，眼球圆圆的，
凸在眼眶以外，腿短短的，格外便于跳跳蹦蹦。它的桐叶似的
耳朵垂下来，鲜红的舌头经常伸出半截，它的扁鼻子和迷惘的
眼睛很足以引逗老爷太太的爱怜。它是那样小，小得使人想起
传说中的"墨猴"。旧日的京师，那帝王和奴才总管辈出的地
方，贵显们豢养的"北京狗"是那样小，民间生长的"北京

鸭"又是那样大，前者小到有的被称为"袖子狗""龟壳狗"，小到美国大兵拿来放在衬衣里头；后者却大到可与白鹅媲美，确是一件趣味深长的事。我细细研究主人那头叭儿狗，逐渐地明白它被爱宠的原因了。它听话呀！叫它直立就直立，叫它打滚就打滚，你截掉它的尾巴，它就长出一根向上弯曲的令你满意的尾巴，正像你剪掉百灵鸟的舌头，那百灵鸟慢慢地就会讲出令你悦耳的语言，凭这点狗的"德性"，还不惹人欢喜吗？慈禧太后曾用充满情爱的语气，在女官面前评论过哈叭狗，说："这种狗的身量都是很小的，所以它们绝不能守夜或做别种工作，它们只能供人们搂在怀里，或捧在手内，当一件可玩的玩意儿。"在我所看见的大客厅里的叭儿，它的最大的本领就是娇声娇气地向客厅以外的生人们吠，在主人面前团团打滚，表示它的"狗生"异常愉快。它对这个客厅视如天府，它的样子又是那样温和、兴奋、忠实、不偏不倚……它除了每天闻闻主人的脚臭以外，每天半斤牛肉是十拿九稳的了。

和这柔若无骨的叭儿成为显明对照的，是这客厅的另一角，短几上的两盆仙人球，不是那巨大的雄峙的仙人掌，而是拳头大小、永不长大的仙人球。两个小小的磁质花盆上，各自培植着一个，它苍翠碧绿，"球"身上生满了刺。从它的样子看，它英雄独立似的，像煞有介事似的，严正不阿似的，有胆量敢刺人似的……其实，它不过是主人客厅里的小盆景，用它的剑拔弩张的姿态来点缀这寂寞的客厅罢了！只要主人吐一点点口水，就足以维持它几天那英雄兼丑角的生命。我看见主人常常托起那小磁盆，鉴赏他的培植物"威武不屈"似的姿态，偶尔也伸出长指甲，捻掉了他认为生得不顺眼的刺，"英雄独立"的仙人球这时当然毫无反抗。它不像玫瑰的刺似的，为了保护明丽的花；也不像黄槐的刺，为了保护雄壮的枝干。"刺"对于仙人球，不过是使它能成为主人的小盆景的一件装饰品罢了。

正当有人指摘主人的客厅不免太寂寞无声、缺乏生气时，主人就指指他的叭儿狗和仙人球说："瞧！这不就生意盎然吗？这是京师的名种，这是上苑的珍品……"

因为名种和珍品给我以太多的幽默感，所以不管重庆的气候如何热得使人发昏，我挥着汗，喘着气，也得给你介绍了。

1945 年

缪天华（1914—1998），浙江瑞安人。作家。著名音乐学家、音乐教育家缪天瑞之胞弟。10多岁到上海吴淞中国公学求学，获文学士。1938年任浙江省立温州师范学校国文教员，后任复兴书局特约编纂。20岁时，缪天华的小品文《鸡》在林语堂主编的《人间世》半月刊第40期中发表，创作才华初现。其作品有散文集《寒花坠露》《雨窗下的书》《桑树下》《湍流偶拾》，论著《中国古代音乐散论》《离骚九歌九章浅释》。此外，他曾校订《水浒传》《西游记》《儒林外史》《儿女英雄传》，主编《成语典》等。

鸡

缪天华

鸡是很常见的家禽，对于它原没有什么新奇的话儿可说。法布尔在《家畜记》里第二篇谈到鸡，说得非常有趣而且详细，但在中国的书籍中，就很难看见这样的文章了。像我这么一个蛰居在乡间的人，见闻的寡陋，自不待说，与其袭套人的陈言，还不如说一点乡里间关于鸡的事情较为有意义。

村妇们对于鸡鸭的爱护的程度恰如对于猫狗的憎恶。推其缘由，盖因猫狗好偷食而无功（虽然狗和猫的守门捕鼠都大有功劳，但是她们的浅小的眼光却看不到这些）。鸡鸭则不仅供口腹的受用而已，并且尚有种种益处，俗语有"鸡是老婆本"的话，即此可见。鸡鸭之中，又分等级，多爱养鸡，不爱畜鸭，因为鸭喜在河上游泳，晚间常不肯归窝，村妇们所谓"水鸡倒"，倘"倒"起来时，任凭你投了多少的石子，还是赶不上来。鸡就没有这样的麻烦了。雏鸡现二三月时可买到，价很便宜，一角钱有四五只，买来之后，放在桌下啄食饭屑（雏鸡的羽毛的颜色很是可爱，孩子们爱蹲在地上和它们玩弄的）。不够则给它们一起"糠拌饭"或"米碎"吃。稍大，任其到野外寻食，所费食物既不多，又不需人力照顾。在我们乡间，鸡可以说是家饲户养之物，即贫贱的人家，也没有不养鸡的。

养鸡的最大的利益是现于生鸡蛋。饲养七八个月的鸡，即能生蛋，如果不"歇生"（如村妇们所说）了的话，每只鸡日可生产一个。穷乡僻地，突然来了不速之客，没有好的肴馔，则蒸一碗"蛋腐"，或炒一盆炒蛋，出以饷客，这是极便利而经济的办法。货郎的货笼的东西，都可以拿鸡蛋来交换。"升米丝线二束半，一个鸡蛋五枚针"，鸡蛋在乡间的用途真大，银行的钞票实在还不及它那么流通呢。此外，亲戚邻居的女儿出嫁，总送"洗浴蛋"；央人写封信，要送那人几个鸡蛋当点心。总之，样样事情，都非鸡蛋不行。养鸡的人家，自己少有尝到鸡蛋的美味的口福，因为即使日生数十个蛋，犹不免有"十罐九盖"，哪里会舍得把蛋打了给自己家吃呢？有些老太婆，手提竹篮子，常到各个村落里收鸡蛋。天凉时节，蛋价最涨，每蛋可卖铜子五枚。这些钱当然是妇人们的专利，她们可以用这些钱去做自己心里所欲的事。村妇们对于家禽的爱惜，原不是无因，宰杀鸡鸭非逢婚丧等事，或祭神祀祖，乡间几乎罕见。

对于家禽如此爱惜的妇人们，倘然失了一只鸡，她们的悲痛的心情不难可以想象得到吧。沿途挨门讨食的乞丐常有干着偷鸡的勾当，乡人呼为"叉鸡军"。他们的手段很巧妙，在无人看见的草堆旁散布几粒米，鸡一来啄米，便被捉住。他们的手指捏住鸡的翅膀下的某部分，能使鸡一声不叫，然后放进布袋中，夹在腋下。这种工作内行话曰"踢球"。捕住"叉鸡军"时的毒打真惨呀！几乎是全村的人都聚集拢来殴打，尤其是村妇们，她们的脸色怒得发青，嘴里连连骂着："叉鸡军，这回看你打得惊还不惊?"声音都嘶哑了。直打得他体无完肤，还要抹之以盐卤。倘是捕住一个深夜的窃贼，也绝不会像这样毒打的。

雄鸡不能生蛋，多先被杀食。然而能报晓，邻人赖它知道时候的迟早，这是雌鸡所不能做的事。但雌鸡在夜间也偶有啼起来的，不像雄鸡那么"喔喔"的好听的声音，而是"阁阁"的悲鸣，乡人以为主不祥之兆，必须以冷水泼鸡头破之，或将它杀食。彭际清《除夕》诗云："邻鸡夜夜竞先鸣，到此萧然度五更。"我想乡人们在宰杀了能报晓的雄鸡的除夕夜里，多少也会引起这样的感想吧。

最令人厌恶的，便是鸡的随地乱屙的鸡粪，污秽不堪。居住在乡下的人，要想鞋底不沾鸡粪，真是难极了。倘能编一道竹篱或砌一段砖墙把它们关在一个小院落里，那自然很好，不过乡间的住屋，多是小得可怜，绝没有隙地专作养鸡的地方，所以鸡群老是乱走乱飞，甚至跳到桌子上屙粪，飞上树梢高鸣。但乡人们对于清洁这些问题是毫不介意的，自己身上的事，如吐痰挥涕倘不择地点，到处乱吐乱抹，对于禽兽们做的事，还肯管吗? 妇人们的鞋袜倘被鸡粪沾污，就要破口大骂"发瘟!"

或"黄鼠狼!"但却不像驱逐猫狗似的提着扫帚柄打,或者用沸汤淋去。

说到鸡的瘟病,那实在是极可怕的,一鸡偶罹此疾,蔓延传染开来,常可死完所有的鸡。乡人对于鸡的瘟病,简直毫无办法(雏鸡生病时,用木盆覆之地,震动木盆,据说可治病,但不甚效验)。遇到不幸年时,村中鸡瘟流行,一日死鸡数百,十日死数千,蛋价大涨,至于有鸡钱也买不到鸡蛋,一班村妇便叫苦连天,除了在神前点香祈祷外,还有别的事可做吗?

陶菊隐（1898—1989），民国时期著名记者和编辑，与张季鸾并称中国报界"双杰"。早年就读长沙明德中学，1912年14岁便在长沙《女权日报》当编辑；不久又任《湖南民报》编辑，撰写时事述评。1927年任《武汉民报》代理总编辑兼上海《新闻报》驻汉口记者，其间还为《申报》《大公报》撰写通讯。1928年任《新闻报》战地记者，随国民军报道"二次北伐"。1941年上海"孤岛"沦陷后，主要从事中国近现代史研究。

鸡的悲哀

陶菊隐

下为母冶短博士所译新禽言之一。

我一天天长大，小时候的事情记不很真切了，只模糊地记得刚从蛋壳跳出来时，一阵强烈阳光几乎使我睁不开小眼睛来。但我喜悦这阳光，最怕寒风冷雨。我觉得大地的一切都可爱：绿油油的青草，红的花朵，多鲜艳，多清洁。青草是我食物之一种，尤其草上附着许多不同种类的小虫，比我小得多，我把它们当荤菜吃。

那时我怀着满腔奇异的心理，没有悲哀，没有芥蒂，跳跳叫叫是我日常工作。母亲告诉我，大地一切物事都是我们的敌人，随时可遇危险：天空上有大鹏鸟，常把我们当它的食物，如同我们把小虫当食物一样；邻屋有可憎的大花猫和哈巴狗，虽不一定会吞噬我们，但居心是很叵测的；人类的汽车、马车常把我们碾成齑粉。我听了母亲的警告，吓得常常躲在母亲的大翅膀里，母亲往东也往东，母亲往西也往西，她是我们唯一的保护者。母亲发现鲜脆可口的东西，如碎肉、细虫、蚯蚓、嫩叶之类，她自己不吃，口里"咽嘟咽嘟"地唤我们吃。每到可怕的夜晚，我们都安睡在母亲的怀里，又温暖，又安全，慈母之爱是多么伟大！

我们有弟兄姊妹七八个。母亲展开了翅膀，假使有一个小儿女未受她的掩护，她会把翅膀展得更开。情愿自己着凉，情愿整夜不得安眠，决不放弃母亲的责任。早起，我们"吱吱吱"地闹着要出来，七八只小脚儿在母亲翅膀里乱动，母亲想多睡一会儿也不成，只得又把我们引导出去。她的眼睛红红的，顶上的矮冠渐渐垂落下来了，身体也一天瘦似一天，羽毛常褪落下来。她为了儿女们之安全而消失青春之美，一天到晚做保卫儿女们的斗士，和一切环境相搏击，这种强毅精神哪里有？

兄弟姊妹们一同玩耍，一同觅食，一同睡眠，有时吵吵闹闹，有时叫叫跳跳，这种快乐的日子过得真快，我们一个个都渐渐长大起来了，而我们的快乐时期也渐渐消逝了。

我们的小主人是个顽皮可厌的孩子，常把我们当中之一抓去当作活动的玩具。最倒霉的是我，我披着全身的白羽毛，顶上还戴着鲜艳夺目的小红冠，他似乎特别喜悦我，每当我跨进屋子的时候，他会把房门关住来捉我。我们惊得乱飞乱走，有的飞到矮凳上，有的围着屋子团团转，后来他毕竟把我捉得了。

他把我放在桌面上，抚摸我的羽毛，脸上浮着笑容。他自以为对我很慈祥，撒米给我吃，我害怕不敢吃，浑身发抖，像害疟疾一般。他按下我的头颈，把我的嘴凑近米粒上，意思是一定叫我吃，我更害怕，而且米粒太大不易下咽，因为我们每次吃米时是由母亲把米粒啄碎了给我们吃的。我听得母亲在窗外格格怪叫之声，知道母亲因不能抵御强暴失去其爱儿，而在愤怒地詈骂小主人了。

好容易小主人才把我放下来，我好像负了创伤，身上褪落了好些羽毛。

我们的主人是鸡贩子。当我们长大了后，他把我们装进一个鸡笼，挑出去沿途叫卖。东家买一只，西家买一只，把我们快乐的兄弟姊妹都拆散了。我刚出世的时候以为大地一切都是很可爱的，现在才知道从有生命的那天起就钻进了万恶世界，这世界强者欺负弱者，大者欺负小者，而作恶最甚的动物就是自名为万物之灵的人类。

人类彼此间还有"法律"这样东西。比方说，贩卖人口是法律所不容许的，而贩卖我们则是法律所不禁。我把人类恨入骨髓，不知会不会有这一天，鸡族一致团结起来打倒残忍毒辣的人类。

我的可爱的母亲被一家买去了，姊妹兄弟们也分散在许多不同的人家，后来我也落到一个生疏的地方。

新主人家里喂养着十几个我们的同类，中有一个大红冠全身花色羽毛的男性，其余都是女性。女性中有黄羽毛的我叫她黄姊，花羽毛的我叫花姊，白羽毛的叫白妹。我开始加入他们这团体。最讨厌那个大红冠全身花羽毛的男性,他炫耀着赳赳雄冠和彩色的羽毛,他有强健的体格,他是蹂躏女性的恶魔。当我加入这团体前,他好像是众香国里的风流天子,也像一夫多妻制的权威丈夫。他第一次瞧见我,怕我分去他的权利,露出凶狞面目,怒发冲冠,张啄舞爪来击我;我很想和他斗,但他的身躯比我高,力量比我大,自揣绝无抵抗力,只好垂头丧气地逃走。我因此回忆到慈爱的母亲,亲爱的兄弟姊妹,他们不晓得流落到什么地方去了;同时我觉得这恶魔不仅不能和我同舟共济,而且同类相残,叫我又害怕又伤心。

幸而黄姊、花姊和白妹这一群女性都同情于我,她们害怕恶魔和我相等,尤其白妹害怕得最厉害。这恶魔发现了新鲜食物也像母亲叫唤儿女们一般"咽嘟咽嘟"地逗引着,他用假仁假义的手段以售其奸计,原来他骗得女性走近它的身边,他立刻走几步歪歪曲曲之路借以发挥他的兽性。白妹稚龄弱晢,好几次我奋不顾身地救援她,恶魔抛开白妹,恶狠狠跑来追我,我虽吃点苦头,为白妹而牺牲是很情愿的。

恶魔虽可恶,但也教会了我一件本事:每当破晓时他引吭高歌,曲高和众,我不由得也提高嗓子"喔喔喔"地叫了几声。我的声音开始低哑而不成调,后来渐渐纯熟,自觉其声甚壮。

不久,在一个悲惨的下午,即人类所谓"中元节",我们那个可厌的恶魔做了血淋淋的刀下鬼。我走过厨房外,看见凶恶的厨子一手提刀,一手握着恶魔的喉管割下去,鲜血汩汩地流出来,那恶魔只把两条腿乱蹬了一会,他就咽了气。我发现这幕惨杀悲剧，吓得魂飞魄散。我虽然憎恶这魔鬼，但这时受了种族同情心的驱使，为这可怜的牺牲者不知淌了多少眼泪。我想，人类豢养我们原是不怀好意的，他们是在以我们血肉之躯供其一嚼。我因此联想到世界上没一个不索酬而施惠的慈善家，同时弱者希望在别人手下吃一口安闲自在的饭那是在做梦，或许比做梦更危险。

过了好几天，我忘记了这件事，而且继承了众香国风流天子的地位。我知道我们的生命很有限，难逃人类之宰割，所以活一天算一天，静待死神的莅临。

(《菊隐丛谭·闲话》)

许钦文（1897—1984），原名许绳尧。1917 年毕业于杭州省立第五师范学校，留任母校附小教师。1920 年赴北京工读。1922 年发表第一篇作品短篇小说《晕》。1926 年由鲁迅选校、资助的短篇小说集《故乡》出版，描写的多是浙江家乡的人情世故，颇受好评，鲁迅将其纳入"乡土作家"之列。1927 年离开北京到杭州。历任杭州高级中学、成都美术学校、福建师范、福州协和大学、杭州第一中学、浙江师范学院教师。

鹅

许钦文

过了周岁，小囡渐渐地懂事起来；在吃饼或者靠近案桌的时候，总是要把手边的碗筷、笔墨随便抓来玩弄。游戏是儿童的生活，玩具称作恩物，对于小孩子，的确要有些特殊的设备。抗战以前杭州市上有好几家专卖玩具的店铺，是教育进步的现象。记得庚儿幼时，由于亲友的赠送，曾有不少玩具：小汽车、小轮船、能爬的花铁蛇、会飞的花铁虫。云儿生在抗战开始时，避难闽西，深居高山，连积木都没有一匣；无从购备，实在也是无力购备。只好把柴块搬来搬去。好在那里的木柴，由整段的大松木劈开，方方正正的也还干净，可以驾成桥梁，搭做房屋，我把它叫作"积柴"。只是些积柴，容易生厌，当然不够，这就常是随便把笔墨、碗筷抓来玩弄，成了习惯。扫帚、畚箕、火钳、斫刀，以及凳子翻转当作船摇，也都兼作玩具。这样，固然难免肮脏，不卫生，常常打碎、弄破，损失不轻，也是不经济的。本来，小孩子的活动最好另有场所。不过避难逃生，设备简陋，老是一间三进，什么都是混在一起的。如今小囡虽然已经回到故乡，可是被劫一空，真是家徒四壁。连些许桌椅还都是借来的，更谈不到玩具。

"金花银花不能够，鲜花摘朵囡戴戴。"院子中的果树花卉也都遭劫，唯一留存的蔷薇倒还开花不少；就效蛇郎故事中的樵夫，随手摘几朵给她戏玩，只是春天一过，连蔷薇花也就没有卖了。一天，我在街上买菜蔬，见到几只乌龟，在木盆里爬来爬去，是出卖的。回到故乡，有两种生物使我感到兴趣，一种是轿船羊，还有一种就是乌龟。在铜铜的对锣声中，吗哈哈地叫一下，染红着背毛的小白羊，是滑稽些些的。乌龟，这包着绿头巾的爬虫，缩头缩脑地似乎不大方，可是日本人固然因为其寿命长而喜欢；记得在成都，曾见一家菜馆以龟为名，闽南同安一带，坟墓做龟背状。南华不要做官，愿如龟之曳尾涂中。它能够活动，却爬不快，以为给小囡玩倒是好的，就买了一只。回到家里，妻已为小囡买了一对小鹅，咻咻地叫着，黄松松的很是生动，小囡看得很兴奋，乌龟引不起她的注意，不久就任凭爬走了。妻买小鹅，一半是为生产，院子里有的是青草，一时很觉得意。妻还另有贪图：院中荒芜，去秋草长得高，常常发现蛇，想借此避蛇。据说养鹅，如果成对，生蛋以后把公的杀了吃，留下母的孵小鹅。等到小鹅长大，再可生育。鹅无所谓伦，不妨母子配合。因此计划得很远。可是小鹅渐渐地长大起来，这在生产似乎有了进步，在玩具却是减色的了。所谓生产，只是两只鹅，要费一番手续；只吃些草不会肥，谷类贵得很，认真喂养要大亏本，实在也是"太太的生产"。而且为实际的生产，院子里种起菜蔬来；苋菜、玉蜀黍和小白菜，一天同时被咬坏。不得不紧急处分，就在院子的一角，用竹片权作篱笆，一个空炭箩做笆门，是活动的。于是这两只鹅的活动范围缩小了。

鹅身高大起来，食量增加，草地的面积却依然，不久就连草根都酾光。羽毛已丰，全身白白的，高伸着头颈，昂昂然，在那秃然的地上摇来摆去，似乎并不以草荒为意。古人咏鹅，"难进易退我不如"，至此觉其观察精明，暗暗佩服。

后门临河，流着西湖水，本是鹅的游泳之所。白毛浮绿水，红掌拨清波，确是一幅画。王羲之爱鹅，兰亭留有鹅池，后门之河未闻其名。多养几只，将来名作"鹅河""鹅溪"都可以。但我们并不让鹅去浮动，连洗澡都不让出去。固然因为自己的生活匆忙，顾不到这个，也是由于戒心，知道鹅出去以后，不会像以前养的鸭子，到晚上自己回来。近来晚上常常闹贼，连人粪都有人要偷。抓住以后吊着打，打得很凶——邻居这种举动可以说是够厉害的了，却仍然常常有人来偷粪；顺手牵羊是常事，鹅出去不回来是很须防到的。这又不是像乌龟的玩物了，非以前的鸭可比。如今我家并没有什么比鹅值钱的产物，寄托着大嚼一餐的希望，孩子们把这两只鹅看得很重。所以不让出去。其实可以游泳的机会也不多；说来可慨，小小的河，浅浅的水，来捉虾捕鱼的渔翁和准渔翁可不少，有的是渔孩，往往三五成群，筑起小堤，戽干水。竭泽而渔，有时只有几条泥鳅，有时且只有几颗螺蛳。穷极无聊的举动，不好意思去随便干涉。为着用水的便利，有时很想忠告他们，免得徒劳无功。因有自己的利害关系，容易发生误会。门外常有争闹声，有时相打，弄得皮破血流。凶年子弟多暴，善意会生恶果，总是暗自忍耐。

因此这两只鹅老是关在小圈子里，常常被忘却喂食。有时瞥见，高伸着头颈，似乎仍旧昂昂然，也有点像摇颈乞怜的样子。前星期的一个下午，这两只鹅忽然在笆外走动了，做门的空箩忽歪斜地倒在一边，当初以为炭箩被风吹翻，所以鹅走出来。这一天并没有风。后来以为长大了，发育成熟，求偶心切。炭箩明明是撞倒的。"色胆如天"，所以有了非常的举动。细看这两只鹅的性能不一样，一只的头顶高大，另一只的很小，明明一雌一雄是成着对的。

从此就常常撞翻炭箩闯出篱笆来；炭箩里放了砖石还是给撞翻。经过几天的留意观察，闯将出来的时间是一定的，总在到了傍晚还是不给食物的时候，在将闯出来的时候总是预先"吭吭"地高叫一阵，好像呼吁。在冲倒笆门闯出来时还"吭吭"地大叫，显得很紧急。这样，撞倒颇有点重的砖石压着的炭箩，其力量，与其说是由于怒火，不如说是由于饥饿之火来得确切些吧。那么，"难进易退"，这红顶白衣生物虽然惯于忍耐饥饿——常常许久得不到食物并不怎样；但其忍耐也有限度，超过了限度就有反常的举动，撞倒炭箩冲出篱笆来。

丰子恺（1898—1975），著名漫画家、散文家、文艺理论家和翻译家。1919 年毕业于浙江省立第一师范学校。1921 年获亲友资助赴日留学，10 个月后因经济困难回国。先后在上海、浙江、重庆等地任教，并曾任上海开明书店编辑、《中学生》杂志编辑。1924 年在文艺刊物《我们的七月》上第一次发表漫画《人散后，一钩新月天如水》。1942 年在重庆自建"沙坪小屋"，专事绘画和写作。

白　鹅

丰子恺

　　抗战胜利后八个月零十天，我卖脱了三年前在重庆沙坪坝庙湾地方自建的小屋，迁居城中去等候归舟。

　　除了托庇三年的情感以外，我对这小屋实在毫无留恋。因为这屋太简陋了，这环境太荒凉了；我去屋如弃敝屣。倒是屋里养的一只白鹅，使我恋恋不忘。

　　这白鹅，是一位将要远行的朋友送给我的。这朋友住在北碚，特地从北碚把这鹅带到重庆来送给我，我亲自抱了这雪白的大鸟回家，放在院子内。它伸长了头颈，左顾右盼，我一看这姿态，想道："好一个高傲的动物！"凡动物，头是最主要部分。这部分的形状，最能表明动物的性格。例如狮子、老虎，头都是大的，表示其力强。麒麟、骆驼，头都是高的，表示其高超。狼、狐、狗等，头都是尖的，表示其刁奸狠鄙。猪猡、乌龟等，头都是缩的，表示其冥顽愚蠢。鹅的头在比例上比骆驼更高，与麒麟相似，正是高超的性格的表示。而在它的叫声、步态、吃相中，更表示出一种傲慢之气。

鹅的叫声，与鸭的叫声大体相似，都是"轧轧"然的。但音调上大不相同。鸭的"轧轧"，其音调琐碎而愉快，有小心翼翼的意味；鹅的"轧轧"，其音调严肃郑重，有似厉声呵斥。它的旧主人告诉我：养鹅等于养狗，它也能看守门户。后来我看到果然：凡有生客进来，鹅必然厉声叫嚣；甚至篱笆外有人走路，也要它引吭大叫，其叫声的严厉不亚于狗的狂吠。狗的狂吠，是专对生客或宵小用的；见了主人，狗会摇头摆尾，呜呜地乞怜。鹅则对无论何人，都是厉声呵斥；要求饲食时的叫声，也好像大爷嫌饭迟而怒骂小使一样。

鹅的步态，更是傲慢了，这在大体上也与鸭相似。但鸭的步调急速，有局促不安之相。鹅的步调从容，大模大样的，颇像评剧里的净角出场。这正是它的傲慢的性格的表现。我们走近鸡或鸭，这鸡或鸭一定让步逃走。这是表示对人惧怕。所以我们要捉住鸡或鸭，颇不容易。那鹅就不然：它傲慢地站着，看见人走来简直不让；有时非但不让，竟伸过颈子来咬你一口。这表示它不怕人，看不起人。但这傲慢终归是狂妄的。我们一伸手，就可一把抓住它的项颈，而任意处置它。家畜之中，最傲人的无过于鹅；同时最容易捉住的，也无过于鹅。

鹅的吃饭，常常使我们发笑。我们的鹅是吃冷饭的，一日三餐。它需要三样东西下饭：一样是水，一样是泥，一样是草。

先吃一口冷饭，次吃一口水，然后再到某地方去吃一口泥及草。大约这些泥和草也有各种滋味，它是依着它的胃口而选定的。这食料并不奢侈，但它的吃法，三眼一板，丝毫不苟。譬如吃了一口饭，倘水盆偶然放在远处，它一定从容不迫地踏大步走上前去，饮一口水，再踏大步走到一定的地方去吃泥、吃草。吃过泥和草再回来吃饭。这样从容不迫地吃饭，必须有一人在旁侍候，像饭馆里的堂倌一样。因为附近的狗，都知道我们这位鹅老爷的脾气，每逢它吃饭的时候，狗就躲在篱边窥伺。等它吃过一口饭，踏着方步去吃水、吃泥、吃草的当儿，狗就敏捷地跑上来，努力地去吃它的饭。没有吃完，鹅老爷偶然早归，伸颈去咬狗，并且厉声叫骂，狗立刻逃往篱边，蹲着静候；看它再吃了一口饭，再走开去吃水、吃草、吃泥的时候，狗又敏捷地跑上来，这回就把它的饭吃完，扬长而去了。等到鹅再来吃饭的时候，饭罐已经空空如也。鹅便昂首大叫，似乎责备人们供养不周。这时我们便替它添饭，并站着侍候。因为邻近狗很多，一狗方去，一狗又来蹲着窥伺了。邻近的鸡也很多，也常蹑手蹑脚地来偷鹅的饭吃。我们不胜其烦，以后便将饭罐和水盆放在一起，免得它走远去，让鸡、狗偷饭吃。然而它所必需的盛馔泥和草，所在的地点远近无定。为了找这盛馔，它仍是要走远去的。因此鹅的吃饭，非有一人侍候不可。真是架子十足的！

鹅，不拘它如何高傲，我们始终要养它，直到房子卖脱为止。因为它对我们，物质上和精神上都有贡献，使主母和主人都欢喜它。物质上的贡献，是生蛋。它每天或隔天生一个蛋，篱边特设一堆稻草，鹅蹲伏在稻草中了，便是要生蛋了。家里的小孩子更兴奋，站在它旁边等候。它分娩毕，就起身，大踏步走进屋里去，大声叫开饭。这时候孩子们把蛋热热地捡起，藏在背后拿进屋子里来，说是怕鹅见了要生气。鹅蛋真是大，有鸡蛋的四倍呢！主母的蛋篓子内积得多了，就拿来腌制盐蛋，炖一个盐鹅蛋，一家人吃不了！工友上街买菜回来说："今天菜市场上有卖鹅蛋的，要四百元一个，我们的鹅每天挣四百元，一个月挣四万二呢，比我们做工的还好呢，哈哈，哈哈。"我们也陪他一个"哈哈，哈哈"。望望那鹅，它正吃饱了饭，昂胸凸肚地在院子里跨方步，看野景，似乎更加神气了。但我觉得，比吃鹅蛋更好的，还是它精神的贡献。因为我们这屋实在太简陋，环境实在太荒凉，生活实在太岑寂了。赖有这一只白鹅，点缀庭院，增加生气，慰我寂寥。

且说我这屋子，真是简陋极了：篱笆之内，地皮二十方丈，屋所占的只有六方丈。这六方丈上，建着三间"抗建式"平屋，每间前后划分为二室，共得六室，每室平均一方丈。中央一间，前室特别大些，约有一方丈半弱，算是食堂兼客堂；后室就只有半方丈强，比公共汽车还小，作为家人的卧室。西边一间，平均划分为二，算是厨房及工友室；东边一间，也平均划分为二，后室也是家人的卧室，前室便是我的书房兼卧室。三年以来，我坐卧写作，都在这一方丈内。归熙甫①《项脊轩记》中

① 即归有光，字熙甫，又字开甫，世称"震川先生"。——编者注。

说:"室仅方丈,可容一人居。"又说:"雨泽下注,每移案,顾视无可置者。"我只有想起这些话的时候,感觉得自己满足。我的屋虽不上漏,可是墙是竹制的,单薄得很。夏天九点钟以后,东墙上炙手可热,室内好比开放了热水汀。这时候反教人希望警报,可到六七丈深的地下室去凉快一下呢。

竹篱之内的院子,薄薄的泥层下面尽是岩石,只能种些番茄、蚕豆、芭蕉之类,却不能种树木。竹篱之外,坡岩起伏,尽是荒郊。因此这小屋赤裸裸的,孤零零的,毫无依蔽;远远望来,正像一个亭子。我常年坐守其中,就好比一个亭长。这地点离街约有里许,小径迂回,不易寻找,来客极稀。杜诗"幽栖地僻径过少"一句,这屋可以受之无愧。风雨之日,泥泞载途,狗也懒得走过,环境荒凉更甚。这些日的岑寂的滋味,至今回想还觉得可怕。

自从这小屋落成之后,我就辞绝了教职,恢复了战前的闲居生活。我对外间绝少往来,每日只是读书作画,饮酒闲谈而已。我的时间全部是我自己的。这是我的性格的要求,这在我是认为幸福的。然而这幸福必须有两个条件:在太平时,在都会里。如今在抗战期,在荒村里,这幸福就伴着一种苦闷——岑寂。为避免这苦闷,我便在读书、作画之余,在院子里种豆,种菜,养鸽,养鹅。而鹅给我的印象最深。因为它有那么庞大的身体,那么雪白的颜色,那么雄壮的叫声,那么轩昂的态度,那么高傲的脾气,和那么可笑的行为。在这荒凉岑寂的环境中,这鹅竟成了一个焦点。凄风苦雨之日,手酸意倦之时,推窗一望，死气沉沉；唯有这伟大的雪白的东西，高擎着琥珀色的喙，在雨中昂然独步，好像一个武装的守卫，使得这小屋有了保障，这院子里有了主宰，这环境有了生气。

我的小屋易主的前几天，我把这鹅送给住在小龙坎的朋友人家。送出之后的几天内，颇有异样的感觉。这感觉与诀别一个人的时候所发生的感觉完全相同，不过分量较为轻微而已。原来一切众生，本是同根，凡属血气，皆有共感。所以这禽鸟比这房屋更是牵惹人情，更能使人留恋。现在我写这篇短文，就好比为一个永诀的朋友立传、写照。

这鹅的旧主人姓夏名宗禹，现在与我邻居着。

1946 年夏于重庆

老　舍（1899—1966），本名舒庆春，字舍予。现代著名小说家、文学家、戏剧家。1918 年毕业于北京师范学校。1924 年赴伦敦大学东方学院华语学系任华语讲师，并开始文学创作，1929 年回国。20 世纪 30 年代先后任教于齐鲁大学和山东大学。1946 年接受美国国务院邀请赴美讲学，1949 年回国。"文化大革命"中遭受迫害，于 1966 年 8 月 24 日深夜含冤自沉于北京西北的太平湖。著有《老张的哲学》《四世同堂》《骆驼祥子》《茶馆》等。

小麻雀

老　舍

雨后，院里来了个麻雀，刚长全了羽毛。它在院里跳，有时飞一下，不过是由地上飞到花盆沿上，或由花盆上飞下来。看它这么飞了两三次，我看出来：它并不会飞得再高一些，它的左翅的几根长翎拧在一处，有一根特别地长，似乎要脱落下来。我试着往前凑，它跳一跳，可是又停住，看着我，小黑豆眼带出点要亲近我又不完全信任的神气。我想到了：这是个熟鸟，也许是自幼便养在笼中的。所以它不十分怕人。可是它的左翅也许是被养着它的或别个孩子给扯坏，所以它爱人，又不完全信任。想到这个，我忽然地很难过。一个飞禽失去翅膀是多么可怜。这个小鸟离了人恐怕不会活，可是人又那么狠心，伤了它的翎羽。它被人毁坏了，而还想依靠人，多么可怜！它的眼带出进退为难的神情，虽然只是那么个小而不美的小鸟，它的举动与表情可露出极大的委屈与为难。它是要保全它那点生命，而不晓得如何是好。对它自己与人都没有信心，而又愿找到些倚靠。它跳一跳，停一停，看着我，又不敢过来。我想拿几个饭粒诱它前来，又不敢离开，我怕小猫来扑它。可是小猫并没在院里，我很快地跑进厨房，抓来了几个饭粒。及至我回来，小鸟已不见了。我向外院跑去，小猫在影壁前的花盆旁蹲着呢。我忙去驱逐它，它只一扑，把小鸟擒住！被人养惯的小麻雀，连挣扎都不会，尾与爪在猫嘴旁搭拉着，和死去差不多。

瞧着小鸟，猫一头跑进厨房，又一头跑到西屋。我不敢紧追，怕它更咬紧了，可又不能不追。虽然看不见小鸟的头部，我还没忘了那个眼神。那个预知生命危险的眼神。那个眼神与我的好心中间隔着一只小白猫。来回跑了几次，我不追了。追上也没用了，我想，小鸟至少已半死了。猫又进了厨房，我愣了一会儿，赶紧地又追了去；那两个黑豆眼仿佛在我心内睁着呢。

进了厨房，猫在一条铁筒——冬天升火通烟用的，春天拆下来便放在厨房的墙角——旁蹲着呢。小鸟已不见了。铁筒的下端未完全扣在地上，开着一个不小的缝儿，小猫用脚往里探。我的希望回来了，小鸟没死。小猫本来才四个来月大，还没捉住过老鼠，或者还不会杀生，只是叼着小鸟玩一玩。正在这么想，小鸟忽然出来了，猫倒像吓了一跳，往后躲了躲。小鸟的样子，我一眼便看清了，登时使我要闭上了眼。小鸟几乎是蹲着，胸离地很近，像人害肚痛蹲在地上那样。它身上并没血。

身子可似乎是蜷在一块，非常地短。头低着，小嘴指着地。那
两个黑眼珠！非常地黑，非常地大，不看什么，就那么顶黑顶
大地愣着。它只有那么一点活气，都在眼里，像是等着猫再扑
它，它没力量反抗或逃避；又像是等着猫赦免了它，或是来个
救星。生与死都在这两眼里，而并不是清醒的。它是胡涂了，
昏迷了；不然为什么由铁筒中出来呢？可是，虽然昏迷，到底
有那么一点说不清的，生命根源的，希望。这个希望使它注视
着地上，等着，等着生或死。它怕得非常地忠诚，完全把自己
交给了一线的希望，一点也不动。像把生命要从两眼中流出，
它不叫也不动。

　　小猫没再扑它，只试着用小脚碰它。它随着击碰倾侧，头不
动，眼不动，还呆呆地注视着地上。但求它能活着，它就决不反
抗。可是并非全无勇气，它是在猫的面前不动！我轻轻地过去，
把猫抓住。将猫放在门外，小鸟还没动。我双手把它捧起来。它
确是没受了多大的伤，虽然胸上落了点毛。它看了我一眼！

　　我没主意：把它放了吧，它准是死？养着它吧，家中没有
笼子。我捧着它好像世上一切生命都在我的掌中似的，我不知
怎样好。小鸟不动，蜷着身，两眼还那么黑，等着！愣了好久，
我把它捧到卧室里，放在桌子上，看着它。它又愣了半天，忽
然头向左右歪了歪，用它的黑眼睁了一下；又不动了，可是身
子长出来一些，还低头看着，似乎明白了点什么。

1934 年

郑振铎（1898—1958），中国现代著名作家、文学史家。1917 年考取北京铁路管理学校高等科官费生。1920 年与沈雁冰、叶圣陶等发起成立文学研究会。1921 年到商务印书馆编译所工作。1923 年起主编《小说月报》。1931 年任燕京大学中文系教授。1935 年任暨南大学文学院院长兼中文系主任。1945 年创办并主编《民主》周刊。著有《插图本中国文学史》《文学大纲》《中国俗文学史》等。

海　燕

郑振铎

乌黑的一身羽毛，光滑漂亮，积伶积俐，加上一双剪刀似的尾巴，一对劲俊轻快的翅膀，凑成了那样可爱的、活泼的一只小燕子。当春间二三月，轻飔微微地吹拂，如毛的细雨无因地由天上洒落，千条万条的柔柳，齐舒了它们的黄绿的眼，红的、白的、黄的花，绿的草，绿的树叶，皆如赶赴市集者似的奔聚而来，形成了烂漫无比的春天时，那些小燕子，那么伶俐可爱的小燕子，便也由南方飞来，加入了这个隽妙无比的春景的图画中，为春光平添了许多的生趣。小燕子带了它的双剪似的尾，在微风细雨中，或在阳光满地时，斜飞于旷亮无比的天空之上，唧的一声，已由这里稻田上，飞到了那边的高柳之下了。再几只却隽逸地在漪漪如縠①纹的湖面横掠着，小燕子的剪尾或翼尖偶沾了水面一下，那小圆晕便一圈一圈地荡漾了开去。那边还有飞倦了的几对，闲散地栖息于纤细的电线上——嫩蓝的春天，几支木杆，几痕细线连于杆与杆间，线上是停着几个粗而有致的小黑点，那便是燕子，是多么有趣的一幅图画呀！还有一家家的快乐家庭，他们还特为我们的小燕子备了一个两个小巢，放在厅梁的最高处，假如这家有了一个匾额，那匾后便是小燕子最好的安巢之所。第一年，小燕子来住了。第二年，我们的小燕子，就是去年的一对，它们还要来住。

"燕子归来寻旧垒。"

还是去年的主，还是去年的宾，他们宾主间是如何地融融泄泄呀！偶然的有几家，小燕子却不来光顾，那便很使主人忧戚，他们邀召不到那么隽逸的嘉宾，每以为自己运命的蹇劣呢。

这便是我们故乡的小燕子，可爱的活泼的小燕子，曾使几多的孩子们欢呼着、注意着、沉醉着，曾使几多的农人们、市民们忧戚着，或舒怀地指点着，且曾平添了几多的春色、几多的生趣于我们的春天的小燕子！

如今，离家是几千里！离国是几千里！托身于浮宅之上，奔驰于万顷海涛之间，不料却见着我们的小燕子。

这小燕子，便是我们故乡的那一对、两对吗？便是我们今春在故乡所见的那一对、两对吗？

---

① "縠"，音同"斛"，纱之皱襞促缩者，即今之绉纱。——原编者注。

　　见了它们，游子们能不引起了，至少是轻烟似的，一缕两缕的乡愁吗？

　　海水是皎洁无比的蔚蓝色，海波是平稳得如春晨的西湖一样，偶有微风，只吹起了绝细绝细的千万个潋潋的小皱纹，这更使照晒于初夏之太阳光之下的、金光灿烂的水面显得温秀可喜。我没有见过那么美的海！天上也是皎洁无比的蔚蓝色，只有几片薄纱似的轻云，平贴于空中，就如一个女郎，穿了绝美的蓝色夏衣，而颈间却围绕了一段绝细绝轻的白纱巾。我没有见过那么美的天空！我们倚在青色的船栏上，默默地望着这绝美的海天；我们一点杂念也没有，我们是被沉醉了，我们是被带入晶天中了。

　　就在这时，我们的小燕子，二只，三只，四只，在海上出现了。它们仍是隽逸地、从容地在海面上斜掠着，如在小湖面上一样；海水被它的似剪的尾与翼尖一打，也仍是连漾了好几圈圆晕。小小的燕子，浩莽的大海，飞着飞着，不会觉得倦吗？不会遇着暴风疾雨吗？我们真替它们担心呢！

　　小燕子却从容地憩着了。它们展开了双翼，身子一落，落在海面上了，双翼如浮圈似的支持着体重，活是一只乌黑的小水禽，在随波上下地浮着，又安闲，又舒适。海是它们那么安好的家，我们真是想不到。

　　在故乡，我们还会想象得到我们的小燕子是这样的一个海上英雄吗？

　　海水仍是平贴无波，许多绝小绝小的海鱼，为我们的船所惊动，群向远处窜去；随了它们飞窜着，水面起了一条条的长痕，正如我们当孩子时之用瓦片打水漂在水面所划起的长痕。这小鱼是我们小燕子的粮食吗？

小燕子在海面上斜掠着，浮憩着。它们果是我们故乡的小燕子吗？

啊，乡愁呀，如轻烟似的乡愁呀！

周作人（1885—1967），原名櫆寿，字星杓。现代著名散文家、文学理论家、评论家、诗人、翻译家、思想家，中国民俗学开拓人，新文化运动代表人物之一。1901年入南京江南水师学堂。1906年东渡日本留学，1911年回国。1917年任北京大学文科教授，后兼日文系主任。1919年与陈独秀等任《新青年》编委。1920年秋任《新潮》月刊编辑部主任。1924年与鲁迅等创办《语丝》周刊。周作人一生著译颇丰，已辑集出版。

鸟　声

周作人

古人有言："以鸟鸣春。"现在已过了春分，正是鸟声的时节了，但我觉得不大能够听到，虽然京城的西北隅已经近于乡村。这所谓鸟当然是指那飞鸣自在的东西，不必说鸡鸣咿咿鸭鸣呷呷的家奴，便是熟悉似的鸽子之类也算不得数，因为它们都是忘记了四时八节的了。我所听见的鸟鸣只有檐头麻雀的啾唧，以及槐树上每天早来的啄木的干笑——这似乎都不能报春，麻雀的太琐碎了，而啄木又不免多一点干枯的气味。

英国诗人那许（Nash）① 有一首诗，被录在所谓《名诗选》（*Golden Treasury*）的卷首。他说，春天来了，百花开放，姑娘们跳着舞，天气温和，好鸟都歌唱起来，他列举四样鸟声：

---

① 今译纳什（1567—1601）。——编者注。

Cuckoo, jug-jug, pee-wee, to-witta-woo!

　　这九行的诗实在有趣，我却总不敢译，因为怕一则译不好，二则要译错。现在只抄出一行来，看那四样是什么鸟。第一种是勃姑，书名为鸤鸠，它是自呼其名的，可以无疑了。第二种是夜莺，就是那林间的"发痴的鸟"，古希腊女诗人称之曰"春之使者，美音的夜莺"，它的名贵可想而知，只是我不知道它到底是什么东西。我们乡间的黄莺也会"翻叫"，被捕后常因想念妻子而急死，与它西方的表兄弟相同，但它要吃小鸟，而且又不发痴地唱上一夜以至于呕血。第四种虽似异怪，乃是猫头鹰。第三种则不大明了，有人说蚊母鸟，或云是田凫，但据斯密士①的《鸟的生活与故事》第一章所说，系小猫头鹰。倘若是真的，那么，四种好鸟之中，猫头鹰一家已占其二了。斯密士说这二者都是褐色猫头鹰，与别的怪声怪相的不同，他的书中虽有图像，我也认不得这是鸥是鹎还是流离之子，不过总是猫头鹰之类罢了。儿时曾听见它们的呼声，有的声如货郎的摇鼓，有的恍若连呼"掘洼"（dzhuehuoang），俗云不详，主有死丧。所以闻者多极懊恼，大约此风古已有之，查检观颜道人的《小演雅》，所录古今禽言中不见有猫头鹰的话。然而仔细回想，觉得那些叫声实在并不错，比任何风声、箫声、鸟声更为有趣，如

---

① 今译史密斯。——编者注。

诗人谢勒（Shelley）① 所说。

　　现在，就北京来说，这几样鸟声都没有，所有的还只是麻雀和啄木鸟。老鸹，乡间称云乌老鸦，在北京是每天可以听到的，但是一点风雅气也没有，而且是通年噪聒，不知道它是哪一季的鸟。麻雀和啄木鸟虽然唱不出好的歌来，在那琐碎和干枯之中到底还含一些春气，唉唉，听那不讨人欢喜的乌老鸦叫也已够了，且让我们欢迎这些鸣春的小鸟，倾听它们的谈笑吧。

　　"啾唧，啾唧！"

　　"嘎嘎！"

1925 年 4 月

（《周作人选集》）

---

　　① 今译雪莱（1792—1822），英国浪漫主义诗人。——编者注。

林语堂（1895—1976），现代著名作家、翻译家、语言学家。福建龙溪人。1916 年在上海圣约翰大学获得学士学位，1920 年获哈佛大学文学硕士学位，1923 年获德国莱比锡大学语言学博士学位。曾任北京大学英文学系语言学教授、厦门大学文学系主任兼国学院秘书、联合国教科文组织艺术文学组组长、国际笔会副会长等职。其用英文所著《吾国与吾民》《生活的艺术》《京华烟云》等被译为多国文字。

买　鸟

林语堂

　　我爱鸟而恶狗。这并不是我的怪癖，是因为我是个中国人。我自然地有这种脾气，正和所有的中国人一样。因为中国人喜欢鸟，要是你谈到狗的事，他便会问你道："你讲什么话？"我永远不明白为什么一个人要去和畜生做朋友，要怀抱它，爱护它。我只有一次突然明白这种对狗的同感，那是当我读门太①写的《圣美利舍的故事》（*The Story of San Michele*）②的时候，书上说他因为一个法国人踢狗而向那法国人决斗的那一部分，当真感动了我。似乎是在那个时候我才真的了解他，我几乎希望那时有一只猎狗来蜷伏在我的身边。不过这些只是爱他一时文

---

　　① 今译蒙特。——编者注。
　　② 今译《圣·米歇尔的故事》。——编者注。

学的魔力罢了，而那种对狗友的一点风雅豪情，也是如槁木死
灰了。我一生觉得最讨厌的时候，是当我在一个美国朋友的客
厅里的时候，一只圣伯纳种的大狗（St. Bernard，按：此种壮
丽敏锐之大狗，原饲育于瑞士圣伯纳庵堂，因之得名）要来舔
我的手指和手臂，表示亲昵，而更难堪的是女主人喋喋不休地
要道出这只狗的家谱来，我想我那个时候一定像个邪教徒的样
子，瞠目凝视着它，茫然找不出一句相当的话来对答。

"是我一个瑞士朋友直接从查利克（Zurich）① 带来的。"我
的女主人说。

"唔，皮亚斯太太。"

"它的外祖父曾从阿尔卑斯山的雪崩中救出这一个小孩，它
的叔祖是 1856 年国际赛狗会中得到锦标的。"

"不错!"

我并不是故意要失礼的，然而我恐怕那时候是真失礼了。

我明白英国人都爱狗。可是讲起来英国人是样样都爱的，
他们连大牡猫都爱。

有一次我和一位英国朋友辩论这问题。

"这一切和狗做朋友的话全是胡说，"我说，"你们假装爱畜
生。你们真会撒谎，因为你们嗾使这些畜生去追赶可怜的狐狸。
你们为什么不去爱护狐狸，叫它作'我的小心肝宝贝'呢?"

"我想我可以解释给你呀，"我的朋友回答道，"狗这种畜

---

① 今译苏黎世。——编者注。

生，是怪善会人意的。它明白你，忠心于你……"

"且慢！"我插嘴说，"我之所以厌狗，正因为它们这样善会
人意的缘故。我是天生爱惜动物的，这可以用我不忍故意扑杀
一只苍蝇这事实来证明。可是我厌恶那种假装要做你的朋友的
畜生，走近来搔遍你的全身。我喜欢那种知趣的畜生，安分的
畜生。我宁愿去爱护只驴子……要爱惜狗吗？对的，可是为什
么要爱护它，要怀抱它呢？"

"啊！算了吧！"我的英国朋友说，"我不想叫你一定信服我
的话。"于是我们便扯到别的题目上去。后来，我养了一只狗，
这是因为我家庭情况的需要。我叫人好好地喂它，给它洗澡，
让它睡在一间好的狗屋里。可是我禁止他搔遍我的全身来表示
亲昵和忠实。我真宁可愿死，也不情愿学许多时髦女郎那样牵
它在街上走。有一次我看见一个天足的江北老妈穿着一双高跟
鞋，明显地是什么英国人家里的女佣，她一手拿着一根洋棍，
一手拉着一只小猎狗。那真才是一大奇观哩！我不愿意把我自
己装成这种怪模样。让英国人去吧。那才和他们有缘分，可是
和我是无缘的。我出去散步的时候，也得走得成个模样。

可是我原来是要来谈鸟的，特别是谈我前天买鸟的经历。
我有一大笼小鸟，不晓得叫什么名字的，不过比麻雀小一点。
雄的红胸上有白花点。去年冬天为了种种缘故死了几只。我常
想再去购几只来凑伴儿。那正是中秋节的那天，全家人都去赴
茶会了，只剩下我和我的小女儿在家里。于是我便向她提议，
我们还是到城里去买些小鸟吧，她很赞成。

　　城隍庙鸟市的情形怎样，凡是住在上海的居民都很晓得，用不着我来多说。那里是真爱动物者的天堂，因为那里不但有鸟，也有蛙、白老鼠、松鼠、蟋蟀、背上生着一种水草的乌龟、金鱼、小麻雀、蜈蚣、壁虎以及别种奇形怪状的东西。你该先去看那些路中卖蟋蟀的和包围着他们的那群小孩子，然后再去判定中国人到底是不是爱动物的。我走进一家山东人开的鸟店，因为以前已经买过这种鸟，知道价钱，毫无困难地便买了三对。买价两元一角整。

　　店是在街道转角的地方。笼里大约有四十只那种小鸟，我们讲定了价钱，那人便开始替我拣出三对来。笼里的骚动扬起了一阵灰尘，我便站开点。到他拣鸟拣了一半的时候，已经有一大堆人围聚在店前了，街上闲游的人向来如此，也不足怪。等到我付了钱，把那只小笼子提走的时候，我便成为注意的中心和众人妒羡的目标了。空气中浮着一层欢乐的骚动。

　　"那是什么鸟？"一位中年男子问我。

　　"你去问店里的人。"我说。

　　"它们可会唱？"另外一个人问。

　　"多少钱买的？"第三个又问。

　　我随便回答，像一个贵族似的走开了。因为我在中国群众中，是一个可骄傲的有鸟的人，那时有一种什么东西把群众结连起来，一种纯粹天然的与本能的共通欣喜，使我们发出天下一家的同感，打破陌生人间缄默的壁垒。当然，他们有权利可以问你那些鸟怎样怎样，正如假使我当他们的面前中了航空奖券的头奖，他们也有同样的权利可以问我一样。

于是我便一手抱着我的小女儿，一手提着鸟笼走过去。路上的人都转过身来看。假使我是那婴孩的母亲，我便会相信他们都在称赞我的婴孩了；可是我既然是个男人，所以我晓得他们是在称赞笼里的鸟。这种鸟可真这么稀罕吗？我自己这样想。不，他们只是普通的爱鸟成癖而已。我跑上一家点心店里去，那时过午不久，时候还早，楼上空着。

"来一碗馄饨。"我说。

"这是什么鸟？"一个肩上搭着一条毛巾的伙计问。

"来一碗馄饨和一碟白切鸡。"我说。

"是，是，是会唱的？"

"唱，白切鸡能唱吗？"

"是，是，一碗馄饨！——一碟白切鸡！"他向楼下的厨房嚷着，或者不如说是唱着，"这种是外国鸟。"

"是吗？"我只是在敷衍。

"这鸟生在山上，山上，你晓得的，大山上。喂，掌柜，这是什么鸟？"

掌柜是一个管账的，他戴着一副眼镜，和一切记账的一样，凡是能看书写字的男人，除了铜板洋钱之外，你别想他对小孩的玩具或别的什么东西会发生兴趣。可是他一听见有鸟的时候，他不但答应，并且使我大大地惊异的是他竟移动着脚去找拖鞋了，离开柜台，慢慢地向我的桌子走来。当他走近鸟笼的时候，他那冷酷的脸孔融化了，他变成天真而饶舌的，完全和他那对

相貌不称。然后他把头仰向天花板，大肚子从短袄下透了出来，
发表他的判断。

"这种鸟不会唱的，"他神气活现地批评说，"只是小巧好
玩，给小孩子玩玩倒不错。"

于是他便回到他那高柜台上去，而我不久也吃完了那碗
馄饨。

在我回家的路上也是一样。街上的人都弯着身子下去，看
看笼子里是什么东西。我走进一家旧书店里去。

"你们可有明版书？"

"你笼里那些是什么鸟？"中年的店主问。这一问叫三四个
顾客都注意到我手里的鸟笼来了。这时颇有一番骚动——我是
说在笼子外。

"给我看看？"一个小学徒说着，便从我的手里把鸟笼抢
过去。

"拿去看个饱吧，"我说，"你们可有明版的书？"可是我再
也不是他们注意的目标了，我便自己到书架上去浏览。一本也
找不到，我便提了鸟笼走出店来，顿时又变成注意的中心了。
街上的人有的向鸟微笑，有的向我微笑，因为我有那些鸟。

后来我在二洋泾桥雇了一辆汽车回来。我记得很清楚，上
一次我从城隍庙带着鸟笼回来的时候，车站里的办事员特意走
出来看我的鸟。这一次他没有看见，我也不想故意引起他的注
意。可是当我踏上汽车的时候，车夫的眼睛看到我手提的小笼
子了，果然不出所料，他的脸孔顿时松弛了下来，他当真也变

成小孩子似的，正像上次买鸟时候的车夫一样。他对我十分和善，打开话盒，我们谈话谈得很远，到了我到家里的时候，他不但把养鸟和教鸟唱歌的秘密都告诉了我，并且连云飞汽车公司的全部秘密都说了出来，他们所有的车辆的数目，他们所得到的酒资，他整个童年时代的历史，以及他不喜欢结婚的理由。

现在我晓得了，假使我有一天须现身在群情激昂的公众之前，想要消除一群恨我入骨欲得我而甘心的中国民众的怒气的时候，应该怎样办了。我只须提个鸟笼出来，把一只美丽的玉燕，或是一只喜唱的云雀给他们看。你瞧吧，要比救火水龙、流泪弹或是炸弹的效力还要神速，比德谟士但尼斯（Demosthenes）① 的一篇演说还要神通广大，而且结果我们都可以大家结拜为把兄弟。

（《讽颂集》）

---

① 今译德摩斯梯尼（前384—前322），古希腊政治家、演说家和雄辩家。——编者注。

沈松泉，生卒年月不详。1925 年与张静庐、卢芳共同创办光华书局。张静庐任经理，沈松泉主管出版，卢芳负责营业。光华书局在民国时期是上海四马路上一家有名的文艺书店。其中，沈松泉是一个核心人物，他的文学趣味和经营眼光影响了书店的风格和命运。张、卢二人先后离开了光华书局，而沈松泉一直支撑到 1935 年书店关张。

鸟与人

沈松泉

郑板桥说："欲养鸟莫如多种树，使绕屋数百株，扶疏茂密，为鸟国鸟家，将旦时，睡梦初醒，尚辗转在被，听一片啁啾，如云门咸池之奏。及披衣而起，盥面，漱口，啜茗，见其扬翚振彩，倏往倏来，目不暇给，固非一笼一羽之乐而已。"

板桥的这一段话，我以为最能说出鸟的世界的自由的乐趣来了，虽然他的本意是在告诉人怎么样子才是欣赏鸟类的好方法。

我们人类是自称为"万物之灵"的，在或种技能上，鸟类也许是及不上我们人类吧！然而在花好春晴的早晨，鸟类啁啾地唱了，"扬翚振彩，倏往倏来"，这种自由、和平、快乐的世界，人间有谁能梦想得到呢？人间有的是烦闷与苦恼，人间多的是险诈与陷阱；除了孳孳为利的人外，有几个能欣赏春早的乐趣？即有几个诗人，也不过在发着"春日苦短，良辰难再"的叹息而已！到得肃杀的秋天来了，凛厉的冬天来了，鸟类仍还是"扬翚振彩，倏往倏来"地歌唱着，而人类则若不是在束缚中求解放，便是在刺激中求享乐。这样的"万物之灵"的人生，几曾有鸟的世界之自由、和平、快乐的万分之一呢？

直到今日，人类的社会仍还是秉承封建时代的遗制，一切行动、言论、衣食，哪一件不是受人类自造的律法所束缚？把整个的地球划分成无数的势力圈，把自然的财富变充了强者的私囊！人类之间只有征服者和被征服者的关系，没有同情与互助，只有支配和服从，你若要反抗，便算是逸出了轨范，其间连谋一个人生活的自由都没有！都得要受强者的限制！这可就与鸟的世界相差太远了！我们可以在田野间看到鸟儿们快乐地从树枝上飞到地面，自由地寻食，又从地面飞到树枝上，又从这株飞上那株，自由地飞跃着，嘴里不住声地啁啁啾啾。若那是一只画眉鸟，或是一只黄莺儿呢，那它的鸣声更清脆可爱了，听任何音乐都还没有这样地使人怡悦。一切都自由、和平而又快乐，在它们的世界里。这岂是人类的世界所能比拟的呢！

然而人类偏要自夸地说："人类为万物之灵。"而且还一唱三叹地说："何以人而不如禽兽乎？"实际上（姑且撇开兽类不说），欲以人类与鸟类相比，则人类之生活固远不如鸟类之自由安乐也！

而且人类还有一种劣根性：看见人家好，便妒忌人家，想摧毁人家。在同人类之间然，在与异类之间亦然，有心的人常叹息世界上的战争连年不断，"其如苍生何！"其实那就是人类的劣根性发挥到极致的表现。在洪荒时代，尚是兽杀人的时代，如今是到了人杀人的时代了。若是杀个几千几百人，那一点都不算稀奇，反正这世界将有人满之患。

譬如人类之间有许多人喜欢养鸟，把好好地在林间自由歌唱、飞翔的鸟儿捉来，关在人类的牢狱似的笼子里，把它们的自由剥削尽净。它们在发着乞怜的叫喊声，而人们却说："这鸟儿唱得真好！怡情悦性莫过于此。"——这便是人类的劣根性的表现。把人家的自由牺牲了，来娱乐自己，这是一桩多么自私的行为。这便是"万物之灵"的人类所惯做惯为的事情！

反之，我们在低等动物的鸟类里，却发现了我们人类所希冀不到的自由、和平与安乐来，我们人类该要抱了何等自惭的心理来反省自己的行为呢？

（《少女与妇人》）

施蛰存（1905—2003），中国现代作家、文学翻译家、学者。其小说注重心理分析，着重描写人物的意识流动，是中国"新感觉派"主要作家之一。1922 年考入杭州之江大学，次年入上海大学。1926 年转入震旦大学法文特别班，与同学戴望舒、刘呐鸥等创办《璎珞》旬刊。1928 年后任上海第一线书店和水沫书店编辑，参加《无轨列车》《新文艺》杂志的编辑工作。1929 年创作小说《鸠摩罗什》《将军的头》。1932 年起主编大型文学月刊《现代》。1935 年与阿英合编《中国文学珍本丛书》。1949 年后任教于华东师范大学中文系。

鸦

施蛰存

对于乌鸦，不知怎的，只要一听到它的啼声，便会无端地有所感触。感触些什么，我也不能分析出来，总之是会使我悲哀，使我因而有种种的联想，使我陷入在朦胧的幽暗之中，那是有好几回了。

我对于乌鸦的最早的认识在什么时候，那是确已记不起了。只是小时候随着父母住在苏州的时候，醋库巷里租住屋的天井里确是有着两株老桂树，而每株树上是各有着一个鸦巢。对于乌鸦的生活加以观察，我是大概从那时候开始的。

我到如今也常常惊异着自己的小时候的性格。我是一向生活在孤寂中，我没有小伴侣，散学归家，老年的张妈陪伴着母亲在堂上做些针黹，父亲尚未回来，屋宇之中常是静悄悄的，而此时我会得不想出去与里巷中小儿争逐，独自游行在这个潋陆又阴沉的天井里。这是现在想来也以为太怪僻的。秋日，桂叶繁茂，天井便全给遮蔽了，我会得从桂叶的隙缝中窥睨着烟似的傍晚的天空，我看它渐渐地冥合下来，桂叶的轮廓便慢慢地不清楚了，这时候一阵鸦噪声在天上掠过。跟着那住在我们的桂树上的几个鸦也回来了。它们在树上哑哑地叫喊，这分明是表示白日之终尽。我回头看室内已是灯火荧荧，晚风乍起，落叶萧然，这时我虽在童年，也好像担负着什么人生之悲哀，为之怅然入室。

　　这是我在幼小时候，鸦是一种不吉的禽的智识还未曾受到，已经感觉着它对于我的生命将有何等的影响了。

　　以后，是在病榻上，听到侵晓的鸦啼，也曾感觉到一度的悲哀。那时候是正患着疟疾，吃了金鸡纳霜①也还没有动静，傍晚狂热，午夜严寒，到黎明才觉清爽，虽然很累了，但我倒不想入睡。蛎壳窗上微微地显出鱼肚白色，桌上美孚灯里的煤油已将干涸，灯罩上升起了一层厚晕，火光也已衰弱下去。盛水果的磁碟，盖着一张纸和压着一把剪刀的吃剩的药碗，都现着清冷的神色，不像在灯光下所见的那样光致了。于是，在那时候，忽听见屋上哑哑地掠过几羽晓鸦，这沉着的声音，顿然会使我眼前一阵黑暗，有一种感到了生命之终结的预兆似的悲哀兜上心来。我不禁想起大多数病人是确在这个时候咽气的，这里或许有些意义可以玩味。

---

　　① 即奎宁（Quinine）。——编者注。

在夕照的乱山中，有一次，脚夫替我挑着行李，彳亍着在到大学去的路上，巷鸦的啼声也曾刺激过我。我们从蜿蜒的小径，翻过一条峻坂，背后的落日把我们的修长的影子向一丛丛参天的古木和乱叠着的坟墓中趱刺进去。四野无人，但闻虫响，间或有几支顶上污了雀矢的华表屹立在路旁，好像在等候着我们，前路是微茫不定，隐约间似还有一个陡绝的山峰阻住着。晚烟群集，把我们两个走乏了的人团团围住，正在此际，忽又听见丛林密菁之中，有鸦声凄恻地哀号着，因为在深沉的山谷里，故而回声继起，把这声音引曳得更悠长，更悲哀。我不禁打了个寒颤，好像有对此苍茫，恐怕要找不到归宿之感。这是到现在也还忘记不了的一个景色。

此外，还有一回，是在到乡下去的小划船里。对面坐着的是一个年青的农家妇，怀里抱着一个两三岁的婴孩。起先一同上船的时候，我就看出她眉目之间似乎含着一种愁绪。虽然也未尝不曾在做着笑容引逗她的孩子，但我决定①她必定有着重大的忧愁，万不能从她的心中暂时排去了的。

橹声咿哑，小小的船载着我们几个不同的生命转过了七八支小川。这时正是暮春，两岸浓碧成荫，虽有余阳，已只在远处高高的树杪上闪其金色。翠鸟因风，时度水次，在我正是凭舷览赏的好时光，然而偶然侧眼看那农家少妇，则是娇儿在抱而意若不属，两眼凝看长天，而漠然如未有所见。淳朴的心里，

---

① 决定，旧有"断定"之义。另见本书第250页。——编者注。

给什么忧虑纷扰了呢，我不禁关心着她了。

但后来，从她问摇船人什么时候可以到埠，以及其他种种事情的时候，我揣度出了她是嫁在城里的一个农家女，此番是回去看望她父亲的病。而她所要到的乡村也正是我所要在那里上岸的。我又从她的急迫、她的不安这种种神情里猜度出这个可怜的少妇的父亲一定是病得很重着了。也许这个时候他刚正死呢？我茫然地浮上这种幻觉来。

终于到达了。我第一个上了岸。这儿是一大片平原，金黄的夕阳了无阻隔地照着我，把我的黑影投在水面，憧憧然好像看见了自己的灵魂。我在岸边迟疑了一会儿，那忧愁着的少妇也抱着她的孩子，一手还提着一个包裹上岸了。正在这时光，空中有三四羽乌鸦不知从什么地方飞来，恰在她头顶上鸣了几声。是的，即使是我，也不免觉得有些恐怖了，那声音是这样的幽沉，又这样的好像是故意的！我清楚地看见那可怜的少妇突然变了脸色，唾了三口，匆匆地打斜刺里走了去。

在她后面，我呆望着她。夕阳里的一个孱弱者的黑影，正在好像得到了一个不吉的预兆而去迎接一个意料着的悲哀的运命。我也为她心颤了。我私下为她祝福，我虽然不托付给上帝，但如果人类的命运有一个主宰的话，我是希望他保佑她的。

抬头看天宇清空，鸦的黑影已不再看得见，但那悲哀的啼声还仿佛留给我以回响。再也不能振刷起对于乡村风物的浏览的心情，我也怆然走了。

从我的记忆中，抽集起乌鸦给我的感慨，又岂止这几个断片。而这些又岂是最深切的。只是今天偶然想起，便随手记下了些，同时也心里忽时想起对于乌鸦之被称为不吉之鸟这回事，也大可以研究一番。

我所要思考的是在民间普通都认乌鸦为不吉祥的东西，这绝不会单是一种无意义的禁忌。这种观念的最初形成的动机是什么呢？在《埤雅》所记是因为鸦见异则噪，故人唾其凶。这样说起来，则并非乌鸦本身是含有不祥。它不过因看见异物而噪，人因它之噪而知有异物，于是唾之，所以唾者，非为鸦也，这样说来，倒也颇替乌鸦开脱。但是民间习俗，因袭至今，却明明是因为鸦啼不吉，所以厌之，因此我们现在可以玩味一番民间何以不以其他的鸟，如黄莺，如杜鹃，或燕子，为不祥，而独独不满于鸦的啼呢？

这种，据我的臆断，以为鸦的黑色的羽毛及其啼叫的时间是很有关系的。它的满身纯黑，先已示人以悲感，而它哑哑然引吭悲啼的时候，又大都在黎明、薄暮，或竟在午夜，这些又是容易引起一个人的愁绪的光景。在这种景色之中，人的神经是很衰弱的，看见了它的黑影破空而逝，已会得陡然感觉到一阵战颤，而况又猛然听到它的深沉的、哀怨的啼声呢？

是的，这里要注意的是它的啼声的深沉与哀怨。因为黑的，在黎明、薄暮或午夜啼的鸟，不是还可以找得出例子来，譬如鹊子吗？讲到鹊，人就都喜欢它了。这里不应当指明一点区别来吗！所以我曾思考过，同一的黑色，同一的在一种使人朦胧的时候啼叫，而人却爱鹊恶鸦，这理由是应当归之于鸦的啼声了。我说鸦是一大半由于它的啼声太深沉又太悲哀，不像鹊鸣那样爽利，所以人厌恶它。这里也并不是完全的杜撰，总有人会记得美国诗人爱仑颇①所写的那首有名的《咏鸦》诗。在沉浸于古籍之中几乎要打瞌睡的时候，我们的诗人因为那在 Pallas 半身像上面的 Ebony Bird 的先知似的幻异的啼声，感兴起来，写成这篇千古不磨的沉哀之作。这首诗的好处不是人人都知道是在它的悲哀协韵吗？从这匹乌鸦的哀啼，诗人找出 Nevermore 这个字来，便充分地流泄出他的诗意的愁绪。这不是诗人认为鸦啼是很悲哀的明证吗？至于这首诗里的时候又是在十月的寒宵，景色正又甚为凄寂。所以偶然想起此诗，便觉得对于鸦啼的领略，爱仑颇真已先我抉其精微了。

但是这个观念，其实仔细想来，也未免太诗意的了。听了鸦啼而有无端悲哀之感，又岂是尽人皆然之事？譬如像在上海这种地方，挟美人薄暮入公园，在林间听不关心的啼鸦，任是它如何地鼓噪，又岂会得真的感到一丝愁绪？或则在黎明时分，舞袖阑珊，驱车而返，此际是只有襟上余香、唇边宿酒的滋味，傍晚鸦啼过树梢头，即使听见，又何曾会略一存想？然则鸦啼也便不是一定能给人以感动的。总之，不幸而为一个感伤主义者，幽晦的啼鸦便会在他的情绪上起作用了，而我也当然免不了是其中的一个。

（《灯下集》）

---

① 即埃德加·爱伦·坡，美国诗人、小说家和文学评论家。——编者注。

陈醉云（1895—1982），编辑、作家。20世纪20年代曾在上海中华书局做编辑，主要编语文课本，如中华文库之《秦始皇》《明太祖》等，还与周剑云、汪煦昌合撰有《电影讲义》。1932年上海创办儿童刊物《小朋友》，陈醉云是约稿作家之一；写有儿童诗《龙王》等，并常在上海《民国日报》的副刊《觉悟》上发表诗歌、散文。20世纪30年代初离开上海回浙江嵊县，在县立中学教书。1932年至1940年与张耀一起编《剡声日报》。著有散文集《卖唱者》《游子的梦》。

在鸤鸠声里

陈醉云

在枕上远远地听见鸤鸠（一名布谷）的鸣声，使我感着说不出的愉快。天色渐渐亮了，隔垣劈啪的牌声还没停止，而巷中骤雨似的净溺器声与破竹似的叫贩声，又将纷然杂作了。我匆匆穿了衣服，惺忪着倦眼，蓬松着头发，悄然走出门去，想离开这可怕的境地，去追寻那亲切动人的鸟声。

我一边走着，一边心里想："这鸤鸠的鸣声，一定是从哈同花园里来的。这个庞然的大物，虽然占着许多地面，而于别人却是一点没有好处的，想不到可以容留鸤鸠，让它唱出轻妙的歌声给人们倾听，那么，也不能算是全无好处了。"我平日在福煦路散步，有时经过哈同花园的红色长垣外面，总觉得一望无际，须费去许多时间，才能脱离这单调的境界，所以每每不大喜欢到这里来走。

现在，我在静穆的空气里边扬袂而过，一直走到哈同花园的墙外，可是什么声音都没有。希望愈热烈，鸱鸠的鸣声却愈沉寂了。我心里急遽地怀疑着："刚才所听见的鸱鸠声，到底是哪里来的呢？"再侧耳静听，一会儿，听见又辽远又隐约的鸣声，似乎在西边。于是就向这痴对多时的红色墙垣作别，回转身子向西走。走时，期待的心十分迫切，又带着猜疑的情绪，深怕迷了方向，至于不能畅聆那使人企慕的妙音。

好了，近了，近了，入耳的鸣声，越走越觉得清晰了。我心里又想："大概在学圃中了？"呵！不，不，原来在万国坟场的大树丛中啊，幸而不在紧闭着满园春色而又用"红头阿三"严密守卫着的学圃！它把歌声唱给这许多不分国界的墓下的长眠者听，似乎比唱给那种自私自利的人们听好得多吧？

鸱鸠在高枝上一声声地叫着，似乎是说："割麦插禾！割麦插禾！"这真是一种十分动人的声音，比黄莺、子规的鸣声雄浑而嘹亮。记得去年在 K 君楼头，温暖的南风，煦拂着初夏的晚上，已够使我们沉醉了；而我们更在和软的灯光下开窗欢饮，在一切愉悦、一切温霭的周遭中，却听到了鸱鸠的鸣声。这是一个仅有繁星闪着微光的暗夜，我们也不辨鸣声来自何处，但觉圆润婉转的声音被南风所柔化，如奏着和乐神妙的音乐，使人悠然意远，而又泛溢着怪甜腻的快感。现在呢？天还没有大亮，晓寒与清寂笼罩了一切，鸱鸠的鸣声在寥空中颤荡着，虽然不想说哀怨，至少也近乎凄清，但是，恰正因此增加了它的庄严与肃穆，它似乎已超轶和乐而臻于圣化与净化了。

　　我静静地听着，默默地徘徊着。听，听，徘徊，徘徊，我的心几乎完全被融化在这不可思议的声音中了。这样地也不知过了多少时候，忽然从南方来了一片湿云，它俯瞰人间，似乎知道我还不曾盥洗，便疏疏地下了几滴劝驾的雨，才把我悠然远往的心神唤回；于是我便从嫩绿遮道的树荫下走了回来。这时，鸬鸪的鸣声也渐渐地稀疏了。

（《卖唱者》）

老　舍（1899—1966），本名舒庆春，字舍予。现代著名小说家、文学家、戏剧家。1918 年毕业于北京师范学校。1924 年赴伦敦大学东方学院华语学系任华语讲师，并开始文学创作，1929 年回国。20 世纪 30 年代先后任教于齐鲁大学和山东大学。1946 年接受美国国务院邀请赴美讲学，1949 年回国。"文化大革命"中遭受迫害，于 1966 年 8 月 24 日深夜含冤自沉于北京西北的太平湖。著有《老张的哲学》《四世同堂》《骆驼祥子》《茶馆》等。

小动物们

老　舍

鸟兽们自由地生活着，未必比被人豢养着更快乐。据调查，鸟类生活的专门家说，鸟啼绝不是为使人爱听，更不是以唱歌自娱，而是占据猎取食物的地盘的示威。鸟类的生活是非常地艰苦。兽类的互相残食是更显然的。这样，看见笼中的鸟，或柙中的虎，而替它们伤心，实在可以不必。可是，也似乎不必替它们高兴；被人养着，也未尽舒服。生命仿佛是老在魔鬼和荒海的夹缝儿，怎样也不好。

我很爱小动物们。我的"爱"只是我自己觉得如此，到底对被爱的有什么好处，不敢说。它们是这样受我的恩养好呢，还是自由地活着好呢？也不敢说。把养小动物们看成一种事实，我才敢说些关于它们的话。下面的述说，那么，只是为述说而述说。

先说鸽子。我的幼时，家中很贫。说出"贫"来，为是声明我并养不起鸽子，鸽子是种费钱的活玩意儿。可是，我的两位姐丈都喜欢玩鸽子，所以我知道其中的一点儿故典。我没事儿就到两家去看鸽，也不短随姐丈们到鸽市去玩；他们都比我大着廿多岁。我的经验既是这样来的，而且是幼时的事，恐怕说得不能很完全了，有好多鸽子名都已想不起来了。

鸽子的名样很多。以颜色来说，大概应以灰、白、黑、紫为基本色儿。可是全灰、全白、全黑、全紫的并不值钱。全灰的是楼鸽，院中撒些米就会来一群；物是以缺者为贵，楼鸽太普通。有一种比楼鸽小，灰色也浅一些的，才是真正的"灰"，但也并不很贵重。全白的，大概就叫"白"吧，我记不清了；全黑的叫黑儿；全紫的叫紫箭，也叫猪血。

猪血们因为羽色单调，所以不值钱，这就容易想到值钱的必是杂色的。杂色的种类多极了，就我所知道的——并且为清楚起见——可以分作下列的四大类：点子、乌、环、玉翅。

点子是白身腔，只在头上有手指肚大的一块黑或紫；尾是随着头上那个点儿，黑或紫。这叫作黑点子或紫点子。

乌与点子相近，不过是头上的黑或紫延长到肩与胸部。这叫黑乌或紫乌。这种又有黑翅的或紫翅的，名铁翅乌或铜翅乌——这比单是乌又贵重一些。还有一种，只有黑头或紫头，而尾是白的，叫作黑乌头或紫乌头，比乌的价钱要贱一些。刚才说过了，乌的头部的黑或紫毛是后齐肩、前及胸的。假若黑或紫毛只是由头顶到肩部，而前面仍是白的，这便叫作老虎帽，

因为很像廿年前通行的风帽；这种确是非常地好看，因而价值
也就很高。在民国初年，兴了一阵子蓝乌和蓝乌头，头尾如乌，
而是灰蓝色儿的。这种并不好看，出了一阵子锋头也就拉倒了。

环，简单得很：全白而项上有一黑圈者叫墨环；反之，全
黑而项上有白圈者是玉环。此外有紫环，全白而项上有一紫环。
"环"这种鸽似乎永远不大高贵。大概可以这么说，白尾的鸽是
不易与黑尾或紫尾的相抗，因为白尾的飞起来不大美。

玉翅是白翅边的。全灰而有两白翅是灰玉翅。还有黑玉翅、
紫玉翅。所谓白翅，有个讲究：翅上的白翎是左七右八。能够
这样，飞起来才正好，白边儿不过宽，也不过窄。能生成就这
样的，自然很少，所以鸽贩常常作假，硬插上一两根，或拔去
些，是常有的事。这类中又有变种：玉翅而有白尾的，比如一
只黑鸽而有左七右八的白翅翎，同时又是白尾，便叫作三块玉。
灰的、紫的也能这样。要是连头也是白的呢，便叫作四块玉了。
四块玉是比较有些价值的。

在这四大类之外，还有许多杂色的鸽，如鹤袖，如麻背，
都有些价值，可不怎么十分名贵。在北平，差不多是以上述的
四大类为主。新种随时有，也能时兴一阵，可都不如这四类重
要与长远。

就这四大类说，紫的老比别的颜色高贵。紫色不容易长到
好处，太深了就遭猪血之诮，太浅了又黄不唧的寒酸。况且还
容易长"花了"呢，特别是在尾巴上，翎的末端往往露出白来，
像一块癣似的，把个尾巴就毁了。

紫以下便是黑，其次为灰。可是灰色如只是一点，如灰头、灰环，便又可贵了。

这些鸽中，以点子和乌为"古典的"。它们的价值似乎永远不变，虽然普通，可是老是鸽群之主。这么说吧，飞起四十只鸽，其中有过半的点子和乌，而杂以别种，便好看。反之，则不好看。要是这四十只都是点子，或都是乌，或点子与乌，便能有顶好的阵容。你几乎不能飞四十只环或玉翅。想想看吧：点子是全身雪白，而有个黑或紫的尾，飞起来像一群玲珑的白鸥；及至一翻身呢，那黑或紫的尾给这轻洁的白衣一个色彩深厚的裙儿，既轻妙而又厚重。假若是太阳在西边，而东方有些黑云，那就太美了：白翅在黑云下自然分外地白了；一斜身儿呢，黑尾或紫尾——最好是紫尾——迎着阳光闪起一些金光来！点子如是，乌也如是。白尾巴的，无论长得多么体面，飞起来没有这种美妙，要不怎么不大值钱呢。铁翅乌或铜翅乌飞起来特别地好看，像一朵花，当中一块白，前后左右都镶着黑或紫，它使人觉得安闲舒适。可是铜翅乌几乎永远不飞，飞不起，贱的也得几十块钱一对儿吧。玩鸽子是满天飞洋钱的事儿，洋钱飞起却是不如在手里牢靠的。

可是，鸽子的讲究不专在飞，正如女子出头露脸不专仗着能跑五十米。它得长得俊。先说头吧，平头或峰头（峰读如凤；也许就是凤，而不是峰）便决定了身价的高低。所谓峰头或凤头的，是在头上有一撮立着的毛；平头是光葫芦。自然凤头的是更美，也更贵。峰——或凤——不许有杂毛，黑便全黑，紫便全紫，搀着白的便不够派儿。它得大，而且要像个荷包似的向里包包着。鸽贩常把峰的杂毛剔去，而且把不像荷包的收拾得像荷包。这样收拾好的峰，就怕鸽子洗澡，因为那好看的头饰是胶粘的。

头最怕鸡头，没有脑杓儿，愣头磕脑的不好看。头须像算盘子儿，圆乎乎的，丰满。这样的头，再加上个好峰，便是标准美了。

眼，得先说眼皮。红眼皮的如害着眼病，当然不美。所以要强的鸽子得长白眼皮。宽宽的白眼皮，使眼睛显着大而有神。眼珠也有讲究，豆眼、隔棱眼，都是要不得的。可惜我离开鸽子们已经多年，形容不上来豆眼等是什么样子了；有机会到北平去住几天，我还能把它们想起来，到鸽市去两趟就行了。

嘴也很要紧。无论长得多么体面的鸽子，来个长嘴，就算完了事。要不怎么，有的鸽虽然很缺少，而总不能名贵呢；因为这种根本没有短嘴的。鸽得有短嘴！厚厚实实的，小墩子嘴，才好看。

头部以外，就得论羽毛如何了。羽毛的深浅，色的支配，都有一定的。老虎帽的帽长到何处，虎头的黑或紫毛应到胸部的何处，都不能随便。出一个好鸽与出一个美人都是历史的光荣。

身的大小，随鸽而异。羽色单调一些的，像紫箭等，自然是越大越蠢，所以以短小玲珑为贵。像点子与乌什么的，个子大一点也不碍事。不过，嘴儿短，长得娇秀，自然不会发展得很粗大了，所以美丽的鸽往往是小个儿。

大个子的，长嘴儿的，可也有用处。大个子的身强力壮翅子硬，能飞，能尾上戴鸽铃，所以它们是空中的主力军。别的鸽子好看，可供地上玩赏；这些老粗儿们是飞起来才见本事，故而也还被人爱。长翅儿也有用，孵小鸽子是它们的事：它们的嘴长，"喷"得好——小鸽子不会自己吃东西，得由老鸽子嘴对嘴地"喷"。再说呢，喷的时候，老的胸部羽毛便糙了；谁也不肯这么牺牲好鸽。好鸽下蛋，总被人拿来交与丑鸽去孵，丑鸽本来就不值钱，身上糙旧一点也没关系。要做鸽就得美呀，不然便很苦了。

有的丑鸽，仿佛知道自己的相貌不扬，便长点特别的本事以与美鸽竞争。有力气戴大鸽铃便是一例。可是有力气还不怎样新奇，所以有的能在空中翻跟头。会翻跟斗的鸽在与朋友们一块飞起的时候，能飞着飞着便离群翻几个跟头，然后再飞上去加入鸽群，然后又独自翻下来。这很好看，假若它是白色的，就好像由蓝空中落下一团雪来似的。这种鸽的身体很小，面貌可不见得美。它有个标志，即在项上有一小撮毛儿，倒长着。这一撮倒毛儿好像老在那儿说："你瞧，我会翻跟头！"这种鸽子还有个特点，脚上有毛儿，像诸葛亮的羽扇似的。一走，便扑喳扑喳的，很有神气。不会翻跟头的可也有时候长着毛脚。这类鸽多半是全灰、全白或全黑的。羽毛不佳，可是有本事呢。

为养毛脚鸽，须盖灰顶的房，不要瓦，因为瓦的棱儿往往伤了毛脚而流出血来。

哎呀！我说"先说鸽子"，已经三千多字了，还没说完！好吧，下回接着说鸽子吧，假若有人要听。我的题目《小动物们》，似乎也有加上个"鸽"的必要了。

老　舍（1899—1966），本名舒庆春，字舍予。现代著名小说家、文学家、戏剧家。1918 年毕业于北京师范学校。1924 年赴伦敦大学东方学院华语学系任华语讲师，并开始文学创作，1929 年回国。20 世纪 30 年代先后任教于齐鲁大学和山东大学。1946 年接受美国国务院邀请赴美讲学，1949 年回国。"文化大革命"中遭受迫害，于 1966 年 8 月 24 日深夜含冤自沉于北京西北的太平湖。著有《老张的哲学》《四世同堂》《骆驼祥子》《茶馆》等。

小动物们（鸽）续

老　舍

养鸽正如养鱼养鸟，要受许多的辛苦。"不苦不乐"，算是说对了。不过，养鱼养鸟比养鸽还和平一些；养鸽是斗气的事儿。是，养鸟也有时候怄气。可鸟儿究竟是在笼子里，跟别的鸟没有直接的接触。鸽子是满天飞的。张家的也飞，李家的也飞，飞到一处而裹乱了是必不可免的。这就得打架。因此，玩别的小玩意用不着法律，养鸽便得有。这些法律虽不是国家颁布的，可是在玩鸽的人们中间得遵守着。比如说吧，我开始养鸽子，我就得和四邻的"鸽家"们开谈判。交情好的呢，可以规定：彼此谁也不要谁的鸽；假若我的鸽被友家裹了去，他还给我送回来；我对他也这样。这就免去许多战争。假若两家说不来呢，那就对不起了，谁得着是谁的，战争可就无可避免了。有这样的敌人，养鸽等于斗气。你不飞，我也不飞；你的飞起来，我的也马上飞起去，跟你"撞"！"撞"很过瘾，两个鸽阵混成一团，合而复分，分而复合；一会儿我"拉过"你的来，一会儿你又"拉过"我的去，如看拔河一样起劲。谁要是能"得过"一只来，落在自己的房上，便设法用粮食引诱下来，算作自己的战胜品。可是，俘虏是在房上，时时可以飞去；我可就下了毒手，用弩打下来，假若俘虏不受引诱而要逃走。打可得有个分寸，手法要好，讲究恰好打在——用泥弹——鸽的肩头上。肩头受伤，没有性命的危险，可是失了飞翔的能力。于是滚下房来，我用网接住；将养几天，便能好过来。手法笨的，弹中胸部，便一命呜呼；或是弹子虚发，把鸽子惊走，是谓泄气。

"撞"实在过瘾，可也别扭，我没法训练新鸽与小鸽了。新鸽与小鸽必须有相当的训练才认识自己的家，与见阵不迷头。那么，我每放起鸽去，敌人也必调动人马，那我简直没有训练新军的机会；大胆放出生手，准保叫人家给拉了去。于是，我得早早地起，偃旗息鼓地，一声不出地，去操练新军。敌人也会早起呀，这才真叫怄气！得设法说和了，要不然简直得出人命了。

哼，说和却不容易。比如我只有三十只能征惯战的鸽，而敌人有八十只，他才不和我开和平会议呢。没办法，干脆搬家吧。对这样的敌人，万幸我得过他一只来，我必定拿到鸽市去卖；不为钱，为是羞辱他。他也准知道我必到鸽市去，而托鸽贩或旁人把那只买回去，他自己没脸来和我过话。

即使没有这种战争，养鸽也非养气之道；鸽时时使你心跳。这么说吧，我有点事要出门，刚走到巷口，见天上有只鸽，飞得两翅已疲，或是惊惶不定，显系飞迷了头；我不能漏这个空，马上飞跑回家，放起我的鸽子来裹住这只宝贝。有天大的事也得放下。其实得到手中，也许是只最老丑的糟货，可是多少是个幸头，不能轻易放过。养鸽的人是"满天飞洋钱，两脚踩狗屎"，因为老仰首走路也。

训练幼鸽也是很难放心的事，特别是经自己的手孵出来的。头几次飞，简直没把握，有时候眼看着你自己家中孵出的幼鸽飞到别家去，其伤心并不亚于丢失了儿女。

最难堪的是闹"鸦虎子"。"鸦虎子"是一种小鹰，秋冬之际来驻北平，专欺侮鸽子。在这个时节，养鸽的把鸽铃都撤下来，以免鸦虎闻声而来。在放鸽以前，要登高一望，看空中有无此物。及至鸽已飞起，而神气不对，忽高忽低，不正经着飞，便应马上"垫"起一只，使大家落下，以免危险；大概远处有了那个东西。不幸而鸦虎已到，那只有跺脚，而无办法。鸦虎子捉鸽的方法是把鸽群"托"到顶高，高得几乎像燕子那么小了，它才绕上去，单捉一只。它不忙，在鸽群下打旋，鸽子们只好往高处飞了，越飞越高，越飞越乏；然后鸦虎子猛地往高处一钻，鸽已失魂，紧跟着它往下一"砸"，群鸽屁滚尿流，一直地往下掉。可是鸦虎子比它们快，于是空中落下些羽毛，它捉住一只，找清静地方去享受。其余的幸得逃命，不择地而落，不定都落到哪里去呢！幸而有几只碰运气落在家中的房上，亦只顾喘息，如呆如痴，非常地可怜。这个，从始至终，养鸽的是目不敢瞬地看着；只是看着，一点办法没有！鸦虎已走，养鸽的还得等着，等着失落的鸽们回来。一会儿飞回来一只，又待一会儿又回来一只。可是等来等去，未必都能回来，因惊破了胆的鸽是容易被别家得去的。检点残军，自叹晦气，堂堂七尺之躯会干不过个小小的鸦虎子！

　　普通的飞法是每天飞三次，每飞一次叫作"一翅儿"。三次的支配大概是每日的早、晚、中三时，这随天气的冷暖而变动。夏日太热，早晚为宜，午间即不放鸽；冬日自然以午间为宜，因为暖和些。夏天的鸽阵最好看，高处较凉一些，鸽喜高飞；而且没有鸦虎什么的，鸽飞得也稳；鸦虎是到别处去避暑了。每要飞一翅儿，是以长竿——竿头拴些碎布或鸡毛——一挥，鸽即飞起。飞起的都是熟鸽，不怕与别家的"撞"。其中最强者，尾系鸽铃，为全军奏乐。飞起来，先擦着房，而后渐次高升，以家中为中心来回地旋转。鸽不在多少，飞起来讲究尾彩配合得好。"盘儿"——即鸽阵——要密，彼此的距离短而旋转得一致。这样有盘儿有精神，悦目。盘儿大而松懈，东一个西一个地乱飞，则招人讥诮。当盘儿飞到相当的时间，则当把生鸽或幼鸽掷于房上，盘儿见此，则往下飞。如欲训练生鸽或幼鸽，即当盘儿下落之际续入，随盘儿飞转几圈，就一齐落于房上，以免丢失。以一鸽或二鸽掷于房上，招盘儿下来，叫作"垫"。

　　老鸽不限于随盘儿飞，有时被主人携到数十里之外去放，仍能飞回来。有时候卖出去，过一两个月还能找到了老家。

　　养鸽的人家，房脊上琉璃瓦两三块，一黄二绿，或二绿一黄，以做标识，鸽们记得这个颜色与摆法，即不往生地方落。

新鸽买来，用线拢住翅儿，以防飞走。过几天，把翅儿松开些，使能打扑噜而不能高飞，掷之房上，使它认识环境。再过几天，看鸽性是强烈还是温柔而决定松绑的早晚。老鸽绑的日久，幼鸽绑的期短。松绑以后，就可以试着训练了。

鸽食很简单，通常都用高粱。到换毛的时候或极冷的时候才加些料豆儿。每天喂鸽最好有一定的次数。

住处也不须怎么讲究，普通的是用苇扎个栅子，栅里再砌起窝来，每一窝放一草筐，够一对鸽住的。最要紧的是要干燥和安全。窝门不结实，或砌得不好，黄鼠狼就会半夜来偷鸽吃。窝干燥清洁，鸽不易得病；如得起病来，传染得很快，那可了不得。

该说鸽市。

对于鸽的食水，我没详说，因为在重要的点上大家虽差不多，可是每人都有自己的手法，不能完全相同；既是玩吗，个人总设法证明自己的方法最好。谈到鸽市，规矩可就是普通的了，示奇立异是行不通的。

在我幼时，天天有鸽市。我记得好像是这样：逢一五是在护国寺的后身，二六是在北新桥，三是土地庙，四是花市，七八是西城车儿胡同，九十是隆福寺外。每逢一五，是否在护国寺后身，我不敢说准了；想了半天，也想不起来。

鸽贩是每天必上市的。他们大约可以分三种：第一种是阔手，只简单地拿着一个鸽笼，专买卖中上等的鸽子。第二种，挑着好几个笼，好歹不论，有利就买就卖。第三种是专买破鸽、雏鸽与鸽蛋——送到饭庄当菜用，我最不喜欢这第三种，鸽子一到他们手里就算无望了。顶可怜是雏鸽，羽毛还没有长全，可是已能叫人看出是不成材料的货，便入了死笼。雏鸽哆嗦着，被别的鸽压在笼底上，极细弱地叫着！再过几点钟便成了盘中的菜了。

此外，还有一种暗中做买卖而不叫别人知道的，这好像是票友使黑杵，虽已拿钱而不明言。这种人可不甚多。

养鸽的人到市上去，若是卖鸽，便也是提笼。若是去买鸽，既不知准能买到与否，自然不必拿着鸽笼，只去卖一二只鸽，或是买到一二只。既未提笼，就用手绢捆着鸽。

买鸽的时候，不见得准买一对。如家中有只雄的，没有伴儿，便去买只雌的；或者相反。因此，卖鸽的总说"公儿欢，母儿消"。所谓"欢"者，就是公鸽正想择配，见着雌的便咕咕地叫着追求。所谓"消"者，是雌鸽正想出嫁，有公鸽向她求爱，她就点头接受。买到欢公或消母，拿到家中即能马上结婚，不必费事。欢与消可以——若是有笼——当面试验。可是市上的鸽未必雄的都欢，雌的都消。况且有时两雄或两雌放在一处而充作一对儿卖。这可就得看买主的眼睛了。你本想买一只欢公，而市上没有；可是有一只，虽不欢，但是合你的意。那么，也就得买这一只；现在不欢，过几天也许就欢起来。你怎么知道哪是个公的呢？为买公鸽而去，却买了只母的回来，岂不窝囊得慌！市上是不甚讲道德的，没眼睛的就要受骗。

看鸽是这样的：把鸽拿在左手中，拢着鸽的翅和腿，用右手去托一托鸽的胸。鸽在此时，如瞪眼，即是公；眨眼的，即是母。头大的是公，头小的是母。除辨别公母，鸽在手中也能觉出挺拔与否。真正的行家，拿起鸽来，还能看出鸽的血统正不正来，有的鸽外表很好，而来路不正，将来下蛋孵窝，未必还能出好鸽。这个，我可不大深知；我没有多少经验。

看完了头部，要用手捋一捋鸽翅，看翅活动与否，有力没有，与是否有伤——有的鸽是被弩弹打过而翅子僵硬不灵的。对于峰、尾都要吹一吹，细看看，恐怕是假作的。都看好了，才讲价钱。半日之中，鸽受罪不少。所以真正的好鸽，如鸽市上去卖，便放在笼内，只准看，不准动手，这显着硬气，可是鸽子的身分得真高；假如弄只破鸽而这么办，必会被人当笑话说。还有呢，好鸽保养得好，身上有一层白霜，像葡萄霜儿那样好看，经手一摸，便把霜儿蹭了去；所以不许动手。可是好鸽上市，即使不许人动，在笼中究竟要受损失，尾巴是最易磨坏的。所以要出手好鸽往往把买主请到家中来看，根本不到市上去。因此，市上实在见不着什么值钱的鸽子。

关于鸽，我想起来这么些儿来，离详尽还远得很呢。就是这一点，恐怕还有说错了的地方；廿多年前的事是不易老记得很清楚的。

现在，粮食贵，有闲的人也少了，恐怕就还有养鸽的也不似先前那样讲究了。可是这也没什么可惜。我只是为述说而述说，倒不提倡什么国鸟国鸽的。

郑振铎（1898—1958），中国现代著名作家、文学史家。1917年考取北京铁路管理学校高等科官费生。1920年与沈雁冰、叶圣陶等发起成立文学研究会。1921年到商务印书馆编译所工作。1923年起主编《小说月报》。1931年任燕京大学中文系教授。1935年任暨南大学文学院院长兼中文系主任。1945年创办并主编《民主》周刊。著有《插图本中国文学史》《文学大纲》《中国俗文学史》等。

蝴蝶的文学

郑振铎

一

春送了绿衣给田野，给树林，给花园；甚至于小小的墙隅屋角，小小的庭前阶下，也点缀着新绿。就是碧色的湖水，被春风漪漪地吹动，山间的溪流也开始淙淙汨汨地流动了；于是黄的、白的、红的、紫的、蓝的，以及不能名色的花开了，于是黄的、白的、红的、黑的，以及不能名色的蝴蝶们，从蛹中苏醒了，舒展着美的耀人的双翼，栩栩地在花间、在园中飞了；便是小小的墙隅屋角，小小的庭前阶下，只要有新绿的花木在着的，只要有什么花舒放着的，蝴蝶们也都栩栩地来临了。

蝴蝶来了，偕来的是花的春天。

当我们在和暖宜人的阳光底下，走到一望无际的开放着金黄色的花的菜田间，或杂生着不可数的无名的野花的草地上时，大的小的蝴蝶们总在那里飞翔着。一刻飞向这朵花，一刻飞向那朵花，便是停下了，双翼也还在不息不住地扇动着。一群儿童们嬉笑着追逐在它们之后，见它们停下了，便悄悄地蹑足近走，等到他们走近时，蝴蝶却又态度闲暇地舒翼飞开了。

呵，蝴蝶！它便被追，也并不现出匆急的神气。

——日本的俳句，我乐作

在这个时候，我们似乎感得全个宇宙都耀着微笑，都泛溢着快乐，每个生命都在生长，在向前或向上发展。

二

在东方，蝴蝶是我们最喜欢的东西之一，画家很高兴画蝶。甚至于在我们古式的帐眉上，常常是绘饰着很工细的百蝶图——我家以前便有二幅帐眉是这样的。在文学里，蝴蝶也是他们所很喜欢取用的题材之一。歌咏蝴蝶的诗歌或赋，继续地产生了不少。梁时刘孝绰有《咏素蝶》一诗：

随蜂绕绿蕙，避雀隐青薇。
映日忽争起，因风乍共归。
出没花中见，参差叶际飞。
芳华幸勿谢，嘉树欲相依。

　　同时如简文帝（萧纲）诸人也作有同题的诗。于是明时有一个钱文荐的作了一篇《蝶赋》，便托言梁简文与刘孝绰同游后园，"见从风蝴蝶，双飞花上"，孝绰就作此赋以献简文。此后，李商隐、郑谷、苏轼诸诗人并有咏蝶之作，而谢逸一人作了蝶诗三百首，最为著名，人称之为"谢蝴蝶"。

> 叶叶复翻翻，斜桥对侧门。
> 芦花惟有白，柳絮可能温？
> 西子寻遗殿，昭君觅故村。
> 年年方物尽，来别败兰荪。
>
> ——李商隐作

> 寻艳复寻香，似闲还似忙。
> 暖烟深蕙径，微雨宿花房。
> 书幌轻随梦，歌楼误采妆。
> 王孙深属意，绣入舞衣裳。
>
> ——郑谷作

> 双眉卷铁丝，两翅晕金碧。
> 初来花争妍，忽去鬼无迹。
>
> ——苏轼作

> 何处轻黄双小蝶，翩翩与我共徘徊。

绿阴芳草佳风月，不是花时也解来。

——陆游作

桃红李白一番新，对舞花前亦可人。
才过东来又西去，片时游遍满园春。
江南日暖午风细，频逐卖花人过桥。
…………

——谢逸作

像这一类的诗，如要集在一处，至少可以成一大册呢。然而好的实在是没有多少。

在日本的俳句里，蝴蝶也成了他们所喜咏的东西。小泉八云曾著有《蝴蝶》一文，中举咏蝶的日本俳句不少，现在转译十余首于下：

就在睡中吧，它还是梦着在游戏——呵，草的蝴蝶。

——护物作

醒来！醒来！——我要与你做朋友，你睡着的蝴蝶。

——芭蕉作

呀，那只笼鸟眼里的忧郁的表示呀——它妒羡着蝴蝶！

——作者不明

当我看见落花又回到枝上时——呵！它不过是一只蝴蝶！

——守武作

蝴蝶怎样地与落花争轻呀！

——春海作

看那只蝴蝶飞在那个女人的身旁——在她前后飞翔着。

——素园作

哈！蝴蝶！——它跟随在偷花者之后呢！

——丁涛作

可怜的秋蝶呀！它现在没有一个朋友，却只跟在人的后边呀！

——可都里作

至于蝴蝶们呢，他们都只有十七八岁的姿态。

——三津人作

蝴蝶那样地游戏着——一若在这个世界上没有一个敌人似的！

——作者未明

呀，蝴蝶！——它游戏着，似乎在现在的生活里，没有一点别的希求。

——一茶作

在红花上的是一只白的蝴蝶：我不知道是谁的魂。

——子规作

我若能常有追捉蝴蝶的心肠呀！

——杉长作

三

我们一讲起蝴蝶，第一便会联想到关于庄周的一段故事。《庄子·齐物论》道：

昔者庄周梦为蝴蝶，栩栩然蝴蝶也，自喻适志与，不知周也。俄然觉，则蘧蘧然周也。不知周之梦为蝴蝶？与蝴蝶之梦为周与？周与蝴蝶，则必有分矣。此之为物化。

这一段简短的话，又合上了"庄子妻死，惠子吊之。庄子则方箕踞，鼓盆而歌"(《至乐》篇) 的一段话，后来便演变成了一个故事。这故事的大略是如此：庄周为李耳的弟子，尝昼寝梦为蝴蝶，"栩栩然于园林花草之间，其意甚适。醒来时，尚觉臂膊如两翅飞动，心甚异之。以后不时有此梦"。他便将此梦诉之于师。李耳对他指出凤世因缘。原来那庄生是混沌初分时一个白蝴蝶，因偷采蟠桃花蕊，为王母位下守花的青鸾啄死。其神不散，托生于世做了庄周。他被师点破前生，便把世情看作行云流水，一丝不挂。他娶妻田氏，二人共隐于南华山。一日，庄周出游山下，见一新坟封土未干，一少妇坐于冢旁，用扇向冢连扇不已，便问其故。少妇说，她丈夫与她相爱，死时遗言，如欲再嫁，须待坟土干了方可。因此举扇扇之。庄子便问她要过扇来，替她一扇，坟土立刻干了。少妇起身致谢，以扇酬他而去。庄子回来，慨叹不已。田氏闻知其事，大骂那少妇不已。庄子道："生前个个说恩深，死后人人欲扇坟。"田氏大怒，向他立誓说，如他死了，她决不再嫁。不多岁日，庄子得病而死，死后七日，有楚王孙来寻庄子，知他死了，便住于庄子家中，替他守丧百日。田氏见他生得美貌，对他很有情意。后来，二人竟恋爱了，结婚了。结婚时，王孙突然地心疼欲绝。王孙之仆说，欲得人的脑髓吞之才会好。田氏便去拿斧劈棺，欲取庄子之脑髓。不料棺盖劈裂时，庄子却叹了一口气从棺内坐起。田氏吓得心头乱跳，不得已将庄子从棺内扶出。这时，寻王孙时，他主仆二人早已不见了。庄子说她道："甫得盖棺遭斧劈，如何等待扇干坟！"又用手向外指道："我教你看两个人。"田氏回头一看，只见楚王孙及其仆踱了进来。她吃了一惊，转身时，不见了庄生，再回头时，连王孙主仆也不见了。"原来此皆庄生分身隐形之法。"田氏自觉羞辱不堪，便悬梁自缢而死。庄子将她尸身放入劈破棺木时，敲着瓦盆，依棺而歌。

这个故事，久已成了我们的民间传说之一。最初将庄子的两段话演为故事的在什么时代，我们已不能知道，然在宋、金院本中，已有《庄周梦》的名目（见《辍耕录》）。其后元、明人的杂剧中，更有几种关于这个故事的：

鼓盆歌庄子叹骷髅

一本（李寿卿作）

老庄周一枕蝴蝶梦

一本（史九敬先作）

庄周半世蝴蝶梦

一本（明无名氏作）

这些剧本现在都已散佚，所可见到的只有《今古奇观》第二十四《庄子休鼓盆成大道》一篇东西。然诸院本杂剧所叙的故事，似可信其与《今古奇观》中所叙者无大区别。可知此故事的起源，必在南宋的时候，或更在其前。

四

韩凭妻的故事较庄周妻的故事更为严肃而悲惨。宋大夫韩凭娶了一个妻子，生得十分美貌。宋康王强将凭妻夺来。凭悲愤自杀。凭妻悄悄地把她的衣服弄腐烂了。康王同她登高台远眺。她投身于台下而死。侍臣们急握其衣，却着手化为蝴蝶。（见《搜神记》。）

由这个故事更演变出一个略相类的故事。《罗浮旧志》说："罗浮山有蝴蝶洞，在云峰岩下，古木丛生，四时出采蝶，世传葛仙遗衣所化。"

我少时住在永嘉，每见彩色斑斓的大凤蝶，双双地飞过墙头时，同伴的儿童们都指着它们而唱道："飞，飞！梁山伯，祝英台！"《山堂肆考》说："俗传大蝶出必成双，乃梁山伯、祝英台之魂，又韩凭夫妇之魂。皆不可晓。"梁祝的故事，与韩凭夫妻事是绝不相类的，是关于蝴蝶的最凄惨而又带有诗趣的一个恋爱的故事。这个故事的来源不可考，至现在则已成了最流传的民间传说。也许有人以为它是由韩凭夫妻的故事蜕化而出，然据我猜想，这个故事似与韩凭夫妻的故事没有什么关系。大约是也许有的地方流传着韩凭夫妻的故事，便以那飞的双凤蝶为韩凭夫妻。有的地方流传着梁山伯、祝英台的故事，便以那双飞的凤蝶为梁山伯、祝英台。

梁山伯是梁员外的独生子，他父亲早死了。十八岁时，别了母亲到杭州去读书，在路上遇见祝英台；祝英台是一个女子，假装为男子，也要到杭州去读书。二人结拜为兄弟，同到杭州一家书塾里攻学。同居了三年，山伯始终没有看出祝英台是女子。后来，英台告辞先生回家去了；临别时，悄悄地对师母说，她原是一个女子，并将她恋着山伯的情怀诉述出。山伯送英台走了一程，她屡以言挑探山伯，欲表明自己是女子，而山伯俱不悟。于是，她说道，她家中有一个妹妹，面貌与她一样，性情也与她一样，尚未定婚，叫他去求亲。二人就此相别。英台到了家中，时时恋念着山伯，怪他为什么好久不来求婚。后来，有一个马翰林来替他的儿子文才向英台父母求婚，他们竟答应了他。英台得知这个消息，心中郁郁不乐。这时，山伯在杭州也时时恋念着英台。——是朋友的恋念。一天，师母见他郁郁不想读书的神情，知他是在想念着英台，便告诉他英台临别时所说的话，并述及英台之恋爱他。山伯大喜欲狂，立刻束装辞师，到英台住的地方来。不幸他来得太晚了，太晚了！英台已许与马家了！二人相见述及此事，俱十分地悲郁，山伯一回家便生了病，病中还一心恋念着英台。他母亲不得已，只是差人请英台来安慰他。英台来了，他的病觉得略好些。后来，英台回家了，他的病竟日益沉重而至于死。英台闻知他的死耗，心中悲抑如不欲生。然她的喜期也到了。她要求须先将喜轿至山伯墓上，然后至马家，他们只得允许了她这个要求。她到了坟上，哭得十分伤心，欲把头撞死在坟石上，亏得丫环把她扯住了。然山伯的魂灵终于被她感动了，坟盖突然地裂开了。英台一见，急忙钻入坟中。他们来扯时，坟石又已合缝，只见她的裙儿飘在外面而不见人。后来他们去掘坟。坟掘开了，不唯山伯的尸体不见，便连英台的尸体也没有了，只见两个大凤蝶由坟的破处飞到外面，飞上天去。他们知道二人是化蝶飞去了。

这个故事感动了不少民间的少年男女。看它的结束甚似《华山畿》的故事。《古今乐录》说：

华山畿者，宋少帝时《懊恼》一曲，亦变曲也。少帝时南徐一士子，从华山畿往云阳，见客舍有女子，年十八九。悦之无因，遂感心疾。母问其故，具以启母，母为至华山寻访，见女，具说，女闻感之，因脱蔽膝：令母密置其席下，卧之当已。少日果差。忽举席见蔽膝而抱持，遂吞食而死。气欲绝，谓母曰：'葬时，车载从华山度。'母从其意。比至女门，牛不肯前，打拍不动。女曰：'且待须臾。'装点沐浴既而出，歌曰：'华山畿，君既为侬死，独活为谁施！欢若见怜时，棺木为侬开。'棺应声开。女遂入棺。家人扣打，无如之何，乃合葬，呼曰神女冢。

也许便是从《华山畿》的故事里演变而成为这个故事的。

五

梁山伯、祝英台以及韩凭夫妻，在人间不能成就他们的终久的恋爱，到了死后，却化为蝶而双双地栩栩地飞在天空，终日地相伴着。同时又有一个故事，却是蝶化为女子而来与人相恋的。《六朝录》言，刘子卿住在庐山，有五彩双蝶，来游花上，其大如燕。夜间，有两个女子来见他，说："感君爱花间之物，故来相谐，君子其有意乎？"子卿笑："愿伸缱绻。"于是这二个女子便每日到子卿住处来一次，至于数年之久。

蝶之化为女子，其故事仅见于上面的一则，然蝶却被我东方人视为较近于女性的东西。所以女子的名字用"蝶"字的不少，在日本尤其多（不过男子也有以蝶为名）。现在的舞女尚多用蝶花、蝶吉、蝶之助等名。私人的名字，如"谷超"（Kocho）或"超"（Cho），其意义即为蝴蝶。陆奥的地方，尚存称家中最幼之女为太郭娜（Tekona）之古俗，太郭娜即陆奥土语之蝴蝶。在古时，太郭娜又为一个美丽的妇人的别名。

然在中国，蝶却又为人所视为轻薄无信的男子的象征。粉蝶栩栩地在花间飞来飞去，一时停在这花朵上，隔一瞬，又停在那一花朵上，正如情爱不专一的男子一样。又在我们中国最通俗的小说如《彭公案》之类的书，常见有花蝴蝶之名；这个名字是给予那些喜爱任何女子的色情狂的盗贼的。他们如蝴蝶之闻花的香气即去寻找一样，一见有什么好女子，便追从于她们之后，而欲一逞。

在这个地方，所指的蝴蝶便与上文所举的不同，已变为一种慕逐女子的男性，并非上文所举的女性的象征了。所以，蝴蝶在我们东方的文学里，原是具有异常复杂的意义的。

六

蝶在我们东方，又常被视为人的鬼魂的显化。梁祝及韩凭的二故事，似也有些受这通俗的观念的感发。这种鬼魂显化的蝶，有时是男子显化的，有时是女子显化的。《春渚纪闻》说：

> 建安章国老之室宜兴潘氏，既归国老，不数岁而卒。其终之日，室中飞蝶散满不知其数。闻其始生，亦复如此。

即设灵席，每展遗像，则一蝶停立久之而去。后遇避讳之
日，与曝像之次，必有一蝶随至，不论冬夏也。其家疑其
为花月之神。

这个故事还未说蝶就是亡去少妇的魂。《癸辛杂识》所记的
二事，乃直捷地以蝶为人的魂化：

> 杨昊字明之，娶江氏少女，连岁得子。明之客死之明
> 日，有蝴蝶大如掌，徊翔于江氏旁，竟日乃去。及闻讣，
> 聚族而哭，其蝶复来，绕江氏，饮食起居不置也。盖明之
> 未能割恋于少妻稚子，故化蝶以归尔。……杨大芳娶谢氏，
> 亡未殓。有蝶大如扇，其色紫褐，翩翩自帐中徘徊飞集窗
> 户间，终日乃去。

日本的故事中，也有一则关于魂化为蝶的传说。东京郊外
的某寺坟地之后，有一间孤零零立着的茅舍，是一个老人名为
高滨（Takabama）的所住的房子。他很为邻居所爱，然同时人
又多目之为狂。他并不结婚，所以只有一个人。人家也没有看
见他与什么女子有关系。他如此孤独地住着，不觉已有五十年
了。某一年夏天，他得了一病，自知不起，便去叫了弟媳及她
的一个三十岁的儿子来伴他。某一个晴明的下午，弟媳与她的
儿子在床前看视他，他沉沉地睡着了。这时有一只白色大蝶飞
进屋，停在病人的枕上，老人的侄用扇去逐它，但逐了又来。

后来它飞出到花园中，侄也追出去。追到坟地上，它只在他面前飞，引他深入坟地。他见这蝶飞到一个妇人坟上，突然地不见了，他见坟石上刻着这妇人名明子（Akiko），死于十八岁。这坟显然已很久了，绿苔已长满了坟石上。然这坟收拾得干净，鲜花也放在坟前，可见还时时有人在看顾她。这少年回到屋内时，老人已于睡梦中死了，脸上现出笑容。这少年告诉母亲在坟地上所见的事，他母亲道："明子！唉！唉！"少年问道："母亲，谁是明子？"母亲答道："当你伯父少年时，她曾与一个可爱的女郎名明子的定婚。在结婚前不久，她患肺病而死。他十分地悲切。她葬后，他便宣言此后永不娶妻，且筑了这座小屋在坟地旁，以便时时可以看望她的坟。这已是五十年前的事了。在这五十年中，你伯父不问寒暑，天天到她坟上祷哭，且以物祭之。但你伯父对人并不提起这事。所以，现在，明子知他将死，便来接他：那大白蝶就是她的魂呀。"

在日本又有一篇名为《飞的蝶簪》的通俗戏本，其故事似亦是从鬼魂化蝶的这个概念里演变出。蝴蝶是一个美丽的女子，因被诬犯罪及受虐待而自杀。欲为她报仇的人怎么设法也寻不出那个害她的人。但后来，这个死去妇人的发簪，化成了一只蝴蝶，飞翔于那个恶汉藏身的所在之上面，指导他们去捉他，因此得报了仇。

七

《蝴蝶梦》一剧是中国古代很流行的剧本之一，宋、金院本中有《蝴蝶梦》的一个名目，元剧中有关汉卿的一本《包待制三勘蝴蝶梦》，又有萧德祥的一本同名的剧本。现在，关汉卿的一本尚存在于《元曲选》中。

这个戏剧的故事，也是关于蝴蝶的，与上面所举的几则却俱不同。大略是如此：

王老生了三个儿子，都喜欢读书。一天，他上街替儿子们买些纸笔，走得乏了，在街上坐着歇息，不料因冲着马头，却被骑马的一个势豪名葛彪的打死了。三个儿子听见父亲为葛彪打死，便去寻他报仇，也把他打死了。他们都被捉进监狱。审判官恰是称为中国的苏罗门①的包拯。当他大审此案之前，曾梦自己走进一座百花烂漫的花园，见一个亭子上结下个蛛网。花间飞来一个蝴蝶，在正打网中，却又来了一个大蝴蝶，把它救出。后来，又来第二个蝴蝶打在网中，也被大蝴蝶救了。最后来了一个小蝴蝶，它在网上，却没有人救，那大蝴蝶两次三番只在花丛上飞，却不去救。包拯便动了恻隐之心，把这小蝴蝶放走了。醒来时，却正要审问王大、王二、王三打死葛彪的案子。他们三个人都承认葛彪是自己打死的，不干兄或弟的事。包拯说，只要一个人抵命，其他二人可以释出。便问他们的母亲，要哪一个去抵命。她说，要小的去。包拯道："为什么？小的不是你养的吗？"母亲悲哽地说道："不是的，那两个，我是他们的继母，这一个是我的亲儿。"包拯为这个贤母的举动所感

----

① 今译所罗门。——编者注。

动，便想道："梦见大蝶救了两个小蝶，却不去救第三个，倒是我去救了他。难道便应在这一件事上吗?"于是他假判道，"王三留此偿命"，同时却悄悄地设法，把王三也放走了。

八

还有两则放蝶的故事，也可以在最后叙一下。

唐开元的末年，明皇每至春时，即旦暮宴于宫中，叫嫔妃们争插艳花。他自己去捉了粉蝶来，又放了去。看蝶飞止在哪个嫔妃的上面，他便也去止宿于她的地方。后来因杨贵妃专宠，便不复为此戏。(见《开元天宝遗事》。)

这一则故事，没有什么很深的意味，不过表现出一个淫佚的君王的佚事的一幕而已。底下的一则，‧事虽略觉滑稽，却很带着人道主义的精神。

长山王进士岵生为令时，每听讼，而律之轻重，罚令纳蝶自赎。堂上千百齐放，如风飘碎锦：王乃拍案大笑。一夜，梦一女子衣裳华好，从容而入曰："遭君虐政，姊妹多物故，当使君先受风流之小谴耳。"言已，化为蝶，回翔而去。明日，方独酌署中，忽报直指使至，皇遽而去。闺中戏以素花簪冠上，忘除之。直指见之，以为不恭，大受斥骂而返。由是罚蝶令遂止。(见《聊斋志异》卷十五)

吴秋山（1907—1984），原名吴晋澜，字秋山，笔名吴昊、吴天庐、白冰、茅青、鲁皙，室名白云轩。现代著名诗人、作家、书法家。著有散文集《茶墅小品》、新诗集《秋山草》及诗词集《松风集》。

蜜 蜂

吴秋山

　　饭后在庭园伫立，静静地观赏阶下的花草，忽然有嗡嗡之声从耳边掠过；转眼一瞧，原来是一只蜜蜂。它轻轻地飞了过去，便在攀附着茑萝的墙头那边，乍高乍低地飞着，不一会，就飞到隔墙的邻家去了。

　　蜜蜂是一种采花酿蜜的昆虫，大概它是探知这狭小的庭园里没花可采，便匆忙地飞到别处去做工吧？我站在阶上这样想着。昔日的印象，就不期然而然地兜上了心头。记得幼时每见蜜蜂，就有些害怕，为的是怕被它的刺螫伤。所以一飞来，便高声唱着童谣道：

　　　　蜂臭，三年飞不到；蜂死，三年飞不起。

这样等它飞去了，才放心不唱。但我那时虽然有点怕它的刺，而对于它却是很喜欢的，因为它能酿出很甜的蜜，供我们吃的缘故。

后来年纪长一些，在学校里读到生物学，知道蜜蜂是一种勤工的益虫，并且晓得它的刺是自卫的利器，如我们不要顽皮地去玩弄它，它是不会随便螫伤人的。于是对它也爱好起来了。每逢蜜蜂在校园里飞翔，或栖息在花朵里的时候，觉得它那小小的身体很是可爱，便注意它全身的构造和动作。有时还把它捉了来，制作标本。一方面把书本里所说的实验一下，觉得颇有兴趣。那时曾在自己的 Note Book 上写着：

蜜蜂有雌蜂、雄蜂、职蜂三种。雌雄蜂都是黑色的，其翅翼是灰色而透明。职蜂则为暗褐色，遍体密生长毛。它们是聚群而居的。每群里面，只有一只雌蜂，称为蜂王，她尾端有毒刺，用以产卵和御敌。雄蜂也不多，身体稍微短些，而翅翼则较大，它们专营生殖，不去做工，所以又称游蜂，生命很是短促。职蜂又称工蜂，每群里面却占多数，它们吸取花心的蜜，变成蜂蜡（Beewax）以营蜂窝（Alveary）；每窝有许多蜂房（Beehive），每房里面各藏着一只蜂子；它们酿蜜去养育蜂子，并当捍卫去保护它们的群。它们所酿的蜜很多，可供人们做食料，或制药之用，所以算是益虫。此外还有细腰蜂及赤翅蜂等等。细腰蜂又可分为蠮螉和小土蜂等，体多黑色，腰部细长，飞得很快，它们的巢窝多用泥土筑成，这种蜂喜食螟蛉及蚱蜢等害虫。赤翅蜂则喜食蜘蛛之类的小昆虫。它们对于农业上都是很有裨益的。

当时因为喜欢蜜蜂，不但对生物学一门的书感着兴趣，就连 Anatole France① 所著的 Abeille（蜜蜂）的童话，也高兴去看，虽然是属于虚渺的童话。

现在对于一切生物，都无余闲去研究了，生物学一门的书籍也早束之高阁，但我对于蜜蜂的蜜和刺以及那灵巧的小身体，依然是很喜欢的。

（《茶墅小品》）

---

① 阿纳托尔·法朗士（1844—1924），法国作家、文学评论家、社会活动家。——编者注。

刘北汜（1917—1995），作家、历史学家。曾用笔名冯荒、董桑。吉林省延吉人。1943年毕业于昆明西南联合大学历史系。历任昆明峨嵋中学、云大附中、中山高级工业职校教员，上海《大公报》编辑、副刊编辑室主任、朝鲜战地特派记者，故宫博物院《紫禁城》杂志主编、研究室主任，紫禁城出版社社长，中央文史研究馆馆员、编审，北京史研究会副会长，中国古都学会第二届理事，中国俗文学学会副会长，民盟中央文化委员会委员，《中国文物报》特约编审等。1938年开始发表作品。其代表作品为《故宫沧桑》。

蜜　蜂

刘北汜

各式的梦被各个不同的心珍爱着，我的思索又跨过了一段朦胧的路程，我睡着了。在睡梦里我看见我的梦浮在天上，白色的云拥围着太阳，而太阳是羞涩的，我的梦在那里。

我的梦从阳光里来，它在天上。

梦和梦的距离太大了，我终于落了泪。

从梦里出来，我发觉我的枕角湿润着。夏夜是短促的，阳光照在我的床上，照着我的湿着的眼角。阳光仿佛从繁密的洞孔中洒下来。

我合着眼睛。我知道我的眼睛和阳光的接触将是一种不快的感觉。

不知什么时候起，不知道是不是已经睡熟了，我又醒了，我的耳边为一种嗡嗡的蜜蜂叫声缠绕着，隔着窗子，却仿佛发自我的耳边。我起来，我走到窗前，于是我看见同住的早起的朋友正坐在廊下一只小竹凳上，面孔向着天，出神地看着什么。庭院里满开着土芍药花、海棠、珠兰，他的视线就绕了花叶和廊檐穿行，被狭狭的天井局限着。之后我看见他默默站起来，他的手中端着两只合拢一起的土磁碗，在走廊的另一端上把碗放下，走开了。

　　我无从了解他这是做什么。一种孤独苦占有我：这是我们不同的梦之间的离奇距离吗？

　　我跑出去。

　　我把碗揭开。我看到一些蜜蜂被他淹死在碗里，我看到他在碗里放了许多白的甜酒酿，为了防备逃逸，又用了旁一只碗把它们压住。现在它们的小身体都是冰冷的，硬僵了的。

　　我还是不能了解这是为什么，我默想着。我望着早晨的阳光在花叶之间穿梭着，和由它构成的花草的影子。檐角的蛛网静静地张在那里，隔壁一家的枇杷树叶片亲着阳光，明亮，寂静。猫在竹凳上休息，一只麻雀落在瓦垅上。一切和谐，一切自然。

　　我沉思着。我看到了另外一些蜜蜂都陷在可怕的愤怒里，用狂暴的速度在走廊间画着抛物线似的高高飞起又聚起坠下，它们的小身体时时撞冲到栏杆上，地上，沾了一身尘土又重新飞起来，继续追逐，飞旋，追到了却用同样的速度又飞开去。

　　在颤动的阳光中，它们的叫声也如同颤动着。我感到我的脸上在受着轻微然而不快的抖击，我看到几只蜜蜂在向着我的面孔撞来。就是这种愤怒，这种撞击，我怕了。

我逃匿到房间里，欣喜着我不会被它们刺痛。

但是我却不能够安静了，我能够听到它们仍然在窗外叫着，它们的没有光彩的小眼睛仿佛还在寻觅着我，在知道了残害它们的敌人是人类而不能辨识是某些人类，该向某些人报复的时候。我想起它们怎样飞落到甜酒酿上，吮取生命的液汁来了；我感到惭愧。

1942 年 7 月 18 日，昆明

叶圣陶（1894—1988），原名叶绍钧，字圣陶。现代著名作家、语文教育家，中国第一位童话作家。1911年中学毕业。1915年到上海尚公小学任教，同时为商务印书馆编写小学国文课本。1923年任商务印书馆编辑，1927年代理主编《小说月报》，1931年主编《中学生》杂志。著有小说、散文集、童话集及语文教育论著多部，编辑课本数十种。其中童话集《稻草人》是具有开拓意义的作品，长篇小说《倪焕之》被誉为划时代的扛鼎之作。

养　蜂

叶圣陶

近年来我国有一种新事业——养蜂。蜂种从意大利买来。据说我国的蜂不曾经过遗传上的选择，不适宜用新法养的。

养蜂可以增益国产，养蜂可以沾光厚利，养蜂的人这么说。这不是群己两利吗？这不是理想事业吗？于是养蜂的人多起来了。

养蜂原来有两个目标：采蜜和分房。养蜂的人能够用了不同的管理法操纵那班飞行的"工人"，要它们酿蜜就酿蜜，要它们繁殖就繁殖。而一般的目标大都在后者，就是要它们做传种的"工人"。

理由是很明白的。意大利种，增益国产，沾光厚利，谁听了不动心？谁不想分几房来试试？所以蜂种卖得起钱。卖蜂种还可以营副业。人家买了蜂种，就得使用养蜂的一切家伙；制造了蜂房、巢础、隔王板、卷蜜机等等卖给他们，也可以沾不少的光。

"人同此心"，买蜂种的人的打算和卖蜂种的人的一样，他的事业也是卖蜂种，卖养蜂应用的家伙。大家把采蜜的事情看得无关紧要，也可以说，差不多把蜂能酿蜜这一项常识忘记了。

然而采蜜究竟是一个不该放弃的目标。唯其采蜜，分房才有意义；蜂的数量愈多，蜜的产量也愈多。现在不然；前一回的分房只是后一回的预备，后一回又是更后一回的预备，而并不希望采什么蜜。这样，养蜂就成一种空虚的事业——原说增益国产，实际上却没有"产"，岂非空虚？

可是市场上并不缺少蜜。新式的养蜂家也有长瓶、矮瓶盛着蜜陈列在玻璃橱里做幌子。据说这些都是不曾经过遗传上的选择的"国"蜂的成绩。"国"蜂虽然蹩脚，却供给了真实的蜜。

这情形恰同我们的教育事业相像。

前几年有人提出"循环教育"这个名词，讥议教育事业的空虚；大意好像说人所以要受教育，原在受一点训练，学一点技能，预备给社会做一点真实的事；但是教育事业的实况并不然，先前受训练、学技能的学生后来成为先生，去教诲后一辈，后一辈后来也成为先生，又去教诲更后一辈，结果一辈辈都不曾动手，丝毫真实的事也没有做。这些受教育的无异新式养蜂家所养的蜂，他们是不酿蜜的。

在鼓吹教育价值的言论里，增进生产呀，发扬文化呀，提高生活水准呀，总之，天花乱坠，而实际只成了"循环教育"，一条周而复始的空虚的链子。这无异养蜂家标榜着"增益国产，沾光厚利"，而实际只做了卖蜂种的营业。

被剥削被压迫的工人、农人好比"国"蜂。他们被摈在教育的新式蜂房以外，但是他们供给真实的蜜。无论谁，吃一点蜜，总是他们的。

(《未厌居习作》)

周作人（1885—1967），原名櫆寿，字星杓。现代著名散文家、文学理论家、评论家、诗人、翻译家、思想家，中国民俗学开拓人，新文化运动代表人物之一。1901 年入南京江南水师学堂。1906 年东渡日本留学，1911 年回国。1917 年任北京大学文科教授，后兼日文系主任。1919 年与陈独秀等任《新青年》编委。1920 年秋任《新潮》月刊编辑部主任。1924 年与鲁迅等创办《语丝》周刊。周作人一生著译颇丰，已辑集出版。

苍 蝇

周作人

　　苍蝇不是一件很可爱的东西，但我们在做小孩子的时候都有点喜欢它。我同兄弟常在夏天乘大人们午睡，在院子里弃着香瓜皮瓢的地方捉苍蝇——苍蝇共有三种，饭苍蝇太小，麻苍蝇有蛆太脏，只有金苍蝇可以用。金苍蝇即青蝇，小儿谜中所谓"头戴红缨帽，身穿紫罗袍"者是也。我们把它捉来，摘一片月季花的叶，用月季的刺钉在背上，便见绿叶在桌上蠕蠕而动。东安市场有卖纸制各色小虫者，标题云"苍蝇玩物"，即是同一的用意。我们又把它的背紧穿在细竹丝上，取灯心草一小段放在脚的中间，它便上下颠倒地舞弄，名曰"戏棍"；又或用白纸条缠在腰上纵使它飞去，但见空中一片片的白纸乱飞，很是好看。倘若捉到一个年富力强的苍蝇，用快剪将头切下，它的身子仍旧飞去。希腊路吉亚诺思（Lukianos）① 的《苍蝇颂》中说："苍蝇在被切去了头之后，也能生活好些时光。"大约两千年前的小孩已经是这样玩耍的了。

我们现在受了科学的洗礼，知道苍蝇能够传染病菌，对于它们很有一种恶感。三年前卧病在医院时曾作有一首诗，后半云：

> 大小一切的苍蝇们，
>
> 美和生命的破坏者，
>
> 中国人的好朋友的苍蝇们呵，
>
> 我诅咒你的全灭，
>
> 用了人力以外的
>
> 最黑最黑的魔术的力。

但是实际上最可恶的还是它的别一种坏癖气，便是喜欢在人家的颜面手脚上乱爬乱舔，古人虽美其名曰"吸美"，在被吸者却是极不愉快的事。希腊有一篇传说，说明这个缘起，颇有趣味。据说苍蝇本来是一个处女，名叫默亚（Muia）②，很是美丽，不过太喜欢说话。她也爱那月神的情人恩迭米盎（Endymion）③，当他睡着的时候，她总还是和他讲话或唱歌，使

---

① 今译路吉阿诺斯，古希腊思想家、无神论者、讽刺散文作家。——编者注。

② 今译穆亚。——编者注。

③ 今译恩底弥翁，古希腊神话中的美男子，牧羊人，为月亮女神塞勒涅所钟爱。——编者注。

他不能安息，因此月神发怒，把她变成苍蝇。以后她还是记念着恩迭米益，不肯叫人家安睡，尤其是喜欢搅扰年青的人。

苍蝇的固执与大胆，引起好些人的赞叹。诃美洛思（Homeros）① 在史诗中尝比勇士于苍蝇。他说，虽然你赶它去，它总不肯离开你，一定要叮你一口方才罢休。又有诗人云，那小苍蝇极勇敢地跳在人的肢体上，渴欲饮血，战士却躲避敌人的刀锋，真可羞了。我们侥幸不大遇见渴血的勇士，但勇敢地攻上来舐我们的头却常常遇到。法勃耳（Fabre）② 的《昆虫记》里说有一种蝇，乘土蜂负虫入穴之时，下卵于虫内，后来蝇卵先出，把死虫和蜂卵一并吃下去。他说这种蝇的行为好像是一个红巾黑衣的暴客在林中袭击旅人，但是它的彪悍、敏捷的确也可佩服。倘使希腊人知道，或者可以拿去形容阿迭修思（Odysseus）③ 一流的狡猾英雄吧。

中国古来对于苍蝇也似乎没有什么反感。《诗经》里说："营营青蝇，止于樊。岂弟君子，无信谗言。"又云："非鸡则鸣，苍蝇之声。"据陆农师说，青蝇善乱色，苍蝇善乱声，所以是这样说法。传说里的苍蝇，即使不是特殊良善，总之绝不比别的昆虫更为卑恶。在日本的俳谐中则蝇成为普通的诗料，虽然略带湫秽的气色，但很能表出温暖、热闹的境界。小林一茶

① 今译荷马。——编者注。
② 今译法布尔，法国昆虫学家、文学家。——编者注。
③ 今译奥德修斯，荷马所作史诗《奥德赛》中的主人公，伊塞卡国王，在特洛伊战中献木马计。——编者注。

更为奇特，他同圣方济一样，以一切生物为弟兄朋友，苍蝇当然也是其一。检阅他的俳句选集，咏蝇的诗有二十首之多，今举两首以见一斑。一云：

　　笠上的苍蝇，比我更早地飞进去了。

这诗有题曰《归庵》。又一首云：

　　不要打哪，苍蝇搓他的手，搓他的脚呢。

　　我读这一句，常常想起自己的诗，觉得惭愧，不过我的心情总是不能达到那一步，所以也是无法。《埤雅》云"蝇好交其前足，有绞绳之象……亦好交其后足"，这个描写正可做前句的注解。又绍兴小儿谜语歌云"像乌豇豆格乌，像乌豇豆格粗，堂前当中央，坐得拉胡须"，也是指这个现象。（格犹云"的"，坐得即"坐着"之意。）

　　据路吉亚诺思说，古代有一个女诗人，慧而美，名叫默亚，又有一个名妓也以此为名，所以滑稽诗人有句云："默亚咬他直达他的心房。"中国人虽然永久与苍蝇同桌吃饭，却没有人拿苍蝇作为名字，以我所知，只有一二被用为诨名而已。

1924 年 7 月

（《周作人选集》）

周作人（1885—1967），原名櫆寿，字星杓。现代著名散文家、文学理论家、评论家、诗人、翻译家、思想家，中国民俗学开拓人，新文化运动代表人物之一。1901 年入南京江南水师学堂。1906 年东渡日本留学，1911 年回国。1917 年任北京大学文科教授，后兼日文系主任。1919 年与陈独秀等任《新青年》编委。1920 年秋任《新潮》月刊编辑部主任。1924 年与鲁迅等创办《语丝》周刊。周作人一生著译颇丰，已辑集出版。

金　鱼

周作人

我觉得天下文章共有两种，一种是有题目的，一种是没有题目的。普通做文章大都先有意思，却没有一定的题目，等到意思写出了之后，再把全篇总结一下，将题目补上。这种文章里边似乎容易出些佳作，因为能够比较自由地发表，虽然后写题目是一件难事，有时竟比写本文还要难些。但也有时候，思想散乱不能集中，不知道写什么好，那么先定下一个题目，再做文章，也未始没有好处，不过这有点近于赋得，很有作出试贴诗来的危险罢了。偶然读英国密伦（A. A. Milne）① 的小品文集，有一处曾这样说，有时排字房来催稿，实在想不出什么东西来写，只好听天由命，翻开字典，随手抓到的就是题目。

---

① 今译米尔恩（1882—1956），英国作家。——编者注。

有一回抓到金鱼，结果果然有一篇《金鱼》收在集里。我想这倒是很有意思的事，也就来一下子，写一篇《金鱼》试试看，反正我也没有什么非说不可的大道理要尽先发表，那么来作赋得的咏物诗也是无妨，虽然并没有排字房催稿的事情。

说到金鱼，我其实是很不喜欢金鱼的，在豢养的小动物里边，我所不喜欢的，依着不喜欢的程度，其名次是叭儿狗、金鱼、鹦鹉。鹦鹉身上穿着大红大绿，满口怪声，很有野蛮气。叭儿狗的身体固然太小，还比不上一只猫（小学教科书上却还在说，猫比狗小，狗比猫大），而鼻子尤其耸得难过。我平常不大喜欢耸鼻子的人，虽然那是人为地、暂时地把鼻子耸动，并没有永久地将它缩作一堆。人的脸上固然不可没有表情，但我想只要淡淡地表示就好，譬如微微一笑，或者在眼光中露出一种感情——自然，恋爱与死等可以算是例外，无妨有较强烈的表示，但也似乎不必那样掀起鼻子，露出牙齿，仿佛是要咬人的样子。这种嘴脸只好放到影戏里去，反正与我没有关系，因为二十年来我不曾看电影。然而金鱼恰好兼有叭儿狗与鹦鹉二者的特点，它只是不用长绳子牵了在贵夫人的裙边跑，所以减等发落，不然这第一名恐怕准定是它了。

我每见金鱼一团肥红的身体，突出两只眼睛，转动不灵地在水中游泳，总会联想到中国的新嫁娘，身穿红布袄裤，扎着裤腿，拐着一对小脚伶俜地走路。我知道自己有一种毛病，最怕看真的或是类似的小脚。十年前曾写过一篇小文曰《天足》，起头第一句云"我最喜欢看见女人的天足"，曾蒙友人某君所赏识，因为他也是反对"务必脚小"的人。我倒并不是怕做野蛮，现在的世界正如美国洛威教授的一本书名，谁都有"我们是文明吗？"的疑问，何况我这道统国，剐呀割呀都是常事，无论个人怎么努力，这个野蛮的头衔休想去掉，实在凡是稍有自知之明，不是夸大狂的人，恐怕也就不大有想去掉的这种野心与妄想。小脚女人所引起的另一种感想乃是残废，这是极不愉快的事，正如驼背或是脖子上挂着一个大瘤，假如这是天然的，我们不能说是嫌恶，但总之至少不喜欢看总是确实的了。有谁会赏鉴驼背或大瘤呢？金鱼突出眼睛，便是这一类的现象。另外有叫作绯鲤的，大约是它的表兄弟吧，一样地穿着大红棉袄，又是不开衩，眼睛也是平平地装在脑袋瓜儿里边，并不比平常的鱼更为鼓出，因此可见金鱼的眼睛是一种残疾，无论碰在水草上时容易戮瞎乌珠，就是平常也一定近视得了不得，要吃馒头末屑也不大方便吧。照中国人喜欢小脚的常例推去，金鱼之爱可以说宜乎众矣，但在不佞实在是两者都不敢爱，我所爱的还只是平常的鱼而已。

　　想象有一个大池——池非大不可，须有活水，池底有种种水草才行，如从前碧云寺的那个石池，虽然老实说起来，人造的死海似的水洼都没有多大意思，就是三海也是俗气寒伧气，无论这是哪一个大皇帝所造，因为皇帝压根儿就非俗恶粗暴不可，假如他有点儿懂得风趣，那就得亡国完事，至于些俗恶的朋友也会亡国，那是另一回事。如今话又说回来，一个大池，里边如养着鱼，那最好是天空或水的颜色的，如鲫鱼，其次是鲤鱼。我这样地分等级，好像是以肉的味道为标准，其实不然。我想水里游泳的鱼应当是暗黑色的才好，身体又不可太大，人家从水上看下去，窥探好久，才看见隐隐的一条在那里，有时或者简直就在你的鼻子前面，等一忽儿却又不见了。这比一件红冬冬的东西渐渐地近摆来，好像望那西湖里的广告船（据说是点着红灯笼，打着鼓），随后又渐渐地远开去，更为有趣得多。鲤鱼便具备这种资格，鲤鱼未免个儿太大一点，但它是要跳龙门的，这又难怪它。此外有些白鲦，细长银白的身体，游来游去，仿佛是东南海边的泥鳅龙船，有时候不知为什么事出了惊，拨剌地翻身即逝，银光照眼，也能增加水界的活气。在这样地方，无论是金鱼，就是平眼的绯鲤，也是不适宜的。红袄裤的新嫁娘，如其脚是小的，那只好就请她在炕上爬或坐着，即使不然，也还是坐在房中，在油漆气芸香或花露水气中，比较地可以得到一种调和。所以金鱼的去处还是富贵人家的绣房，浸在五彩的磁缸中，或是玻璃的圆球里，去和叭儿狗与鹦鹉做伴侣罢了。

　　几个月没有写文章，天下的形势似乎已经大变了，有志要做新文学的人，非多讲某一套话不容易出色。我本来不是文人，这些时式的变迁，好歹于我无干，但以旁观者的地位看去，我倒是觉得可以赞成的。为什么呢？文学上永久有两种潮流，言志与载道。二者之中，则载道易而言志难。我写这篇赋得金鱼，原是有题目的文章，与帖括有点相似，盖已少言志多载道欤。我虽未敢自附于新文学之末，但自己觉得颇有时新的意味，故附记于此，以志作风之转变云耳。

1930 年 3 月 10 日

苏雪林（1897—1999），笔名绿漪。享誉国内外的文学大师、学者。1919 年毕业于安庆省立初级女子师范，后考入北京女子高等师范学校国文系。"五四运动"时期以散文《绿天》与小说《棘心》轰动一时。1921 年赴法留学，1925 年回国。历任东吴大学、沪江大学、安徽大学、武汉大学以及台湾师范大学、成功大学教授。其一生出版著作 40 部，作品涵盖小说、散文、戏剧、文艺批评，在中国古代文学和现当代文学研究中成绩卓著。

金鱼的劫运

苏雪林

S 城里花圃甚多，足见花儿的需要颇广，不但大户人家的园亭要花点缀，便是蓬门荜窦的人家，也常用土盆培着一两种花草。虽然说不上什么紫姹红嫣，却也有点生意①，可以润泽人们枯燥的心灵。上海的人，住在井底式的屋子里，连享受日光都有限制的，自然不能说到花木的赏玩了，这也是我爱 S 城胜过爱上海的原因。

花园里兼售金鱼，价钱极公道；大者几角钱一对，小的只售铜元数枚。

去秋我们买了几对二寸长短的金鱼，养在一口缸里，有时便给它们面包屑吃，但到了冬季，鱼儿时常沉潜于水底，不大

---

① 这里的"生意"乃"生机"之义。——编者注。

浮起来。我记得看过一种书，好像说鱼类可以饿几百天不死，冬天更是虫鱼蛰伏的时期，照例是断食的，所以也就不去管它们。

春天来了，天气渐渐和暖，鱼儿在严冰之下睡了一冬，被温和的太阳唤醒了潜伏着的生命，一个个圈圈洋洋，浮到水面，扬鳍摆尾，游泳自如。日光照在水里，闪闪的金鳞，将水都映红了。有时我们无意将缸碰了一下，或者风飘一个榆子，坠于缸中，水便震动，漾开圆波纹，鱼们猛然受了惊，将尾迅速地抖几抖，一翻身钻入水底。可怜的小生物，这种事情，在它们定然算是遇见大地震，或一颗陨星！

康到北京去前，说暑假后打算搬回上海，我不忍这些鱼失主，便送给对河花圃里，那花圃的主人表示感谢地收受了。

上海的事没有成功，康只得仍在 S 城教书，听说鱼儿都送掉了，他很惋惜，因为他很爱那些金鱼。

在街上看见一只玻璃碗，是化学上的用具，质料很粗，而且也有些缺口，因想这可以养金鱼，就买了回来，立刻到对河花圃里买了六尾小金鱼，养在里面。用玻璃碗养金鱼，果比缸有趣，摆在几上，从外面望过去，绿藻清波，与红鳞相掩映，异样鲜明，而且那上下游泳的鱼儿，像游在幻境里，都放大了几倍。

康看见了，说你把我的鱼送走了，应当把这个赔我，动手就来抢，我说不必抢，放在这里；大家看玩，算作公有的，岂不是好。他又道不然，他要拿去养在原来的那口大缸里，因为他在北京中央公园里看见斤许重的金鱼了，现时，他立志也要把这些金鱼养得那样大。

鱼儿被他强夺去了，我无如之何，只得恨恨地说道："看你能不能将它们养得那样大？那是地气的关系，我在南边，就没有见过那样大的金鱼。"

——看着吧，我现在学到养金鱼的秘诀了，面包不是金鱼适当的食粮，我另有东西喂它们。

他找到一根竹竿，一方旧夏布，一些细铁丝，做了一个袋，匆匆忙忙地出去了。过了一刻，提了湿淋淋的袋回家，往金鱼缸里一搅，就看见无数红色小虫，成群地在水中抖动，正像黄昏空气中成团飞舞的蚊蚋。金鱼往来吞食这些虫，非常快乐，似人们之得享盛餐——呵！这就是金鱼适当的食粮！

康天天到河里捞虫喂鱼，鱼长得果然飞快，几乎一天改换一个样儿。不到两个星期，几尾寸余长的小鱼都长了一倍，有从前的鱼大了。康说如照这样长下去，只消三个月就可以养出斤许重的金鱼了。

每晨，我如起床早，就到园里散步一回，呼吸新鲜的空气。有一天，我才走下石阶，看见金鱼缸上立着一只乌鸦，见了人就翩然飞去。树上另有几只鸦，哑哑乱噪，似乎在争夺什么东西，我也没有注意，在园里徘徊了几分钟就进来了。

午后康捞了虫来喂鱼。

——"呀！我的那些鱼呢？"我听见他在园里惊叫。

——怎么？在缸里的鱼，会跑掉的吗！

——一匹都没有了！缸边还有一个——是那个顶美丽的金背银肚鱼。

——但是尾巴断了，僵了，"谁干的这恶剧？"他愤愤地问。

我忽然想到早晨树上打架的乌鸦，不禁大笑，笑得腰也弯了，气也壅了，我把今晨在场看见的小小谋杀案告诉了他，他自然承认乌鸦是这案的凶手，没有话说了。

——"你还能养斤把重的金鱼？"我问他。

丰子恺（1898—1975），著名漫画家、散文家、文艺理论家和翻译家。1919 年毕业于浙江省立第一师范学校。1921 年获亲友资助赴日留学，10 个月后因经济困难回国。先后在上海、浙江、重庆等地任教，并曾任上海开明书店编辑、《中学生》杂志编辑。1924 年在文艺刊物《我们的七月》上第一次发表漫画《人散后，一钩新月天如水》。1942 年在重庆自建"沙坪小屋"，专事绘画和写作。

蝌　蚪

丰子恺

一

每度放笔，凭在楼窗上小憩的时候，望下去看见庭中的花台的边上，许多花盆的旁边，并放着一只印着蓝色图案模样的洋磁面盆。我起初看见的时候，以为是洗衣物的人偶然寄存着的。在灰色而简素的花台的边上，许多形式朴陋的瓦质的花盆的旁边，配置一个机械制造而施着近代风图案的精巧的洋磁面盆，绘画地看来，很不调和。假如眼底展开着的是一张画纸，我颇想找块橡皮来揩去它。

一天，二天，三天，洋磁面盆尽管放在花台的边上。这表示它不是偶然寄存，而负着一种使命。晚快凭窗闲眺的时候，看见放学出来的孩子们聚在墙下拍皮球。我欲知道洋磁面盆的意义，便提出来问他们，才知道这面盆里养着蝌蚪，是春假中他们向田里捉来的。我久不来庭中细看，全然没有知道我家养着这些小动物；又因面盆中那些蓝色的图案细碎而繁多，蝌蚪混迹于其间，我从楼窗上望下去，全然看不出来。蝌蚪是我儿时爱玩的东西，又是学童时代在教科书里最感兴味的东西，说起了可以牵惹种种的回想，我便专诚下楼来看它们。

洋磁面盆里盛着大半盆清水，瓜子大小的蝌蚪十数个。抖着尾巴，急急忙忙地游来游去，好像在寻什么东西。孩子们看见我来欣赏他们的作品，大家围集拢来，得意地把关于这作品的种种话告诉我：

"这是从大井头的田里捉来的。"

"是清明那一天捉来的。"

"我们用手捧了来的。"

"我们天天换清水的呀。"

"这好像黑色的金鱼。"

"这比金鱼更可爱！"

"它们为什么不绝地游来游去？"

"它们为什么还不变青蛙？"

他们的疑问把我提醒，我看见眼前这盆玲珑活泼的小动物，忽然变成了一种苦闷的象征。

我见这洋磁面盆仿佛是蝌蚪的沙漠。它们不绝地游来游去，是为了找寻食物。它们的久不变成青蛙，是为了不得其生活之所。这几天晚上，附近田里蛙鼓的合奏之声，早已传达到我的床里了。这些蝌蚪倘有耳，一定也会听见它们的同类的歌声。听了一定悲伤，每晚在这洋磁面盆里哭泣，亦未可知！它们身上有着泥土水草一般的保护色，它们只合在有滋润的泥土、丰肥的青苔水田里生活滋长。在那里有它们的营养物，有它们的安息所，有它们的游乐处，还有它们的大群的伴侣。现在被这些孩子们捉了来，关在这洋磁面盆里，四周围着坚硬的洋铁，全身浸着淡薄的白水，所接触的不是同运命的受难者，便是冷酷的珐琅质，任凭它们镇日急急忙忙地游来游去，终于找不到一种保护它们、慰安它们、生息它们的东西。这在它们是一片渡不尽的大沙漠。它们将以幼虫之身，默默地夭死在这洋磁面盆里，没有成长变化，和在青草池塘中唱歌跳舞的欢乐的希望了。

这是苦闷的象征，这象征着某种生活之下人的灵魂！

二

我劝告孩子们："你们只管把蝌蚪养在洋磁面盆中的清水里，它们不得充分的养料和成长的地方，永远不能变成青蛙，将来统统饿死在这洋磁面盆里！你们不要当它们金鱼看待！金鱼原是鱼类，可以一辈子长在水里；蝌蚪是两栖类动物的幼虫，它们盼望长大，长大了要上陆，不能长居在水里，你看它们急急忙忙地游来游去，找寻食物和泥土，无论如何也找不到，样子多么可怜！"

孩子们被我这话感动了，颦蹙地向洋磁面盆里看。有几人便问我："那么，怎么好呢？"

我说："最好是送它们回家——拿去倒在田里。过几天你们去探访，它们都已变成青蛙，'哥哥，哥哥'地叫你们了。"

孩子们都欢喜赞成，就有两人抬着洋磁面盆，立刻要送它们回家。

我说："天将晚了，我们再留它们一夜明天送回去吧。现在走到花台里拿些它们所欢喜的泥来，放在盆里，可以让它们吃吃、玩玩。也可让它们知道，我们不再虐待它们，我们先当作客人款待它们一下，明天就护送它们回家。"

孩子们立刻去捧泥，纷纷地把泥投进面盆里去。有的人叫着："轻轻地，轻轻地！看压伤了它们！"

不久，洋磁面盆底的蓝色的图案都被泥土遮掩。那些蝌蚪统统钻进泥里，一只也看不见了。一个孩子寻了好久，锁着眉头说："不要都压死了？"便伸手到水里拿开一块泥来看。但见四个蝌蚪密集在面盆里底上的泥的凹洞里，四个头凑在一点，尾巴向外放射，好像在那里共食什么东西，或者共谈什么话。忽然一个蝌蚪摇动尾巴，急急忙忙地游了开去。游到别的一个泥洞里去一转，带了别的一个蝌蚪出来，回到原处。五个"人"聚在一起，五根尾巴一齐抖动起来，成为五条放射形的曲线，样子非常美丽。孩子们呀呀地叫将起来。我也暂时忘记了自己的年龄，附和着他们的声音呀呀地叫了几声。

随后就有人异口同声地要求："我们不要送它们回家，我们要养在这里！"我在当时的感情上也有这样的要求，但觉左右为难，一时没有话回答他们，踌躇地微笑着。一个孩子恍然大悟地叫道："好！我们在墙角里掘一个小池塘，倒满了水，同田里一样。就把它们养在那里。它们大起来变成青蛙，就在墙角的地上跳来跳去。"大家拍手说："好！"我也附和着说："好！"大的孩子立刻找到种花用的小锄头，向墙角的泥地上去垦。不久，垦成了面盆大的一个池塘。大家说："够大了，够大了！""拿水来，拿水来！"就有两个孩子扛开水缸的盖，用浇花壶提了一壶水来，倾在新开的小池塘里。起初水满满的，后来被泥土吸收，渐渐地浅起来。大家说："水不够，水不够。"小的孩子要再去提水，大的孩子说："不必了，不必了，我们只要把洋磁面盆里的水连泥和蝌蚪倒进池塘里，就正好了。"大家赞成。蝌蚪的迁居就这样地完成了。

夜色朦胧，屋内已经上灯。许多孩子每人带了一双泥手，欢喜地回进屋里去，回头叫着："蝌蚪，再会！""蝌蚪，再会！""明天再来看你们！""明天再来看你们！"一个小的孩子接着说："明天它们也许变成青蛙了。"

三

　　洋磁面盆里的蝌蚪，由孩子们给迁居在墙角里新开的池塘里了。孩子们满怀的希望，等候着它们的变成青蛙。我便怅然地想起来了前几天遗弃在上海的宾馆里的四只小蝌蚪。

　　今年的清明节，我在旅中度过。乡居太久了有些儿厌倦，想调节一下。就在这清明的时节，做了路上的行人。时值春假，一孩子便跟了我走。清明的次日我们来到上海。十里洋场，我一看就生厌，还是到城隍庙里去坐坐茶店，买买零星玩意，倒有趣味。孩子在市场的一角看中了养在玻璃瓶里的蝌蚪，指着了要买。出十个铜板买了。后来我用拇指按住了瓶上的小孔，坐在黄包车里带它回旅馆去。

　　回到旅馆，放在电灯底下的桌子上观赏这瓶蝌蚪，觉得很是别致：这真像一瓶金鱼，共有四只。颜色虽不及金鱼的漂亮，但是游泳的姿势比金鱼更为活泼可爱。当它们游在瓶边上时，我们可以察知它们实际的大小只及半粒瓜子。但当它们游到瓶中央时，玻璃与水的凸镜的作用把它们的形体放大，变化参差地映入我们的眼中，样子很是好看。而在这都会的旅馆的楼上的五十支光电灯底下看这东西，愈加觉得稀奇。这是春日田中很多的东西，要是在乡间，随你要多少，不妨用斗来量。但在这不见自然面影的都会里，不及半粒瓜子大的四只，便已可贵，要装在玻璃瓶内当作金鱼欣赏了，真有些儿可怜。而我们，原是常住在乡间田畔的人，在这清明节离去了乡间而到红尘万丈的中心的洋楼上来鉴赏玻璃瓶里的四只小蝌蚪，自己觉得好笑。这好比富翁舍弃了家里的酒池肉林而加入贫民队里吃大饼油条，又好比帝王舍弃了上苑三千而到民间来钻穴窥墙。

　　一天晚上，我正在床上休息的时候，孩子在桌上玩弄这玻璃瓶，一个失手，把它打破了。水泛滥在桌子上，里面带着大大小小的玻璃瓶碎片，蝌蚪躺在桌上的水痕中蠕动，好似涸泽之鱼，演成不可收拾的光景，让我来办善后。善后之法，第一要救命。我先拿一只茶杯，去茶房那里要些冷水来，把桌上的四只蝌蚪轻轻地掇进茶杯中，供在镜台上了。然后一一拾去玻璃的碎片，揩干桌子。约费了半小时的扰攘，好容易把善后办完了。去镜台上看看茶杯里的四只蝌蚪，身体都无恙，依然是不绝地游来游去，但形体好像小了些，似乎不是原来的蝌蚪了。以前养在玻璃瓶中的时候，因有凸镜的作用，其形状忽大忽小，变化百出，好看得多。现在倒在茶杯中里一看，觉得就只是寻常乡间田里的四只蝌蚪，全不足观。都会真是枪花繁多的地方，寻常之物，一到都会里就了不起。这十里洋场的繁华世界，恐怕也全靠着玻璃瓶的凸镜的作用映成如此光怪陆离。一旦失手把玻璃打破了，恐怕也只是寻常乡间田里的四只蝌蚪罢了。

　　过了几天，家里又有人来上海玩。我们的房间嫌小了，就改换大房间。大人，孩子，加以茶房，七手八脚地把衣物搬迁。搬好之后立刻出去看上海。为经济时间计，一天到晚跑在外面，乘车，买物，访友，游玩，少有在旅馆里坐的时候，竟把小房间里镜台上的茶杯里的四只小蝌蚪完全忘却了；直到回家后数天，看到花台边上洋磁面盆里的小蝌蚪的时候，方然忆及。现在孩子们给洋磁面盆里的蝌蚪迁居在墙角里新开的小池塘里，满怀的希望，等候着它们的变成青蛙。我更怅然地想起了遗弃在上海的旅馆里的四只小蝌蚪。不知它们的结果如何？

　　大约它们已经被茶房妙生倒在痰盂里，枯死在垃圾桶里了？妙生欢喜金铃子，去年曾经想把两对金铃子养过冬，我每次到这旅馆时，他总拿出他的牛筋盒子来给我看，为我谈种种关于金铃子的话。也许他能把对金铃子的爱推移到这四只蝌蚪身上，代我们养着，现在世间还有这四只蝌蚪的小性命的存在，亦未可知。

然而我希望它们不存在。倘还存在，想起了越是可哀！它们不是金鱼，不愿住在玻璃瓶里供人观赏。它们指望着生长、发展，变成了青蛙而在大自然的怀中唱歌跳舞。它们所憧憬的故乡，是水草丰足、春泥黏润的田畴间，是映着天光云影的青草池塘。如今把它们关在这商业大都市的中央，石路的旁边，铁筋建筑的楼上，水门汀砌的房笼内，磁制的小茶杯里，除了从自来水龙头上放出来的一勺之水以外，周围都是磁、砖、石、铁、钢、玻璃、电线和煤烟，都是不适于它们的生活而足以致它们死命的东西。时间的凄凉、残酷和悲惨无过于此。这是苦闷的象征，这象征着某种生活之下的人的灵魂。

假如有谁来报告我这四只蝌蚪的确还存在于那旅馆中，为了象征的意义，我准拟立刻动身，专赴那旅馆中去救它们出来，放乎青草池塘之中。

1934 年 4 月 22 日

（《子恺随笔》）

纪果庵（1909—1965），原名纪庸，字国宣，号果庵，笔名纪果庵、纪果轩等。河北蓟县人。1928 年毕业于河北通县省立师范学校，随后考入北京师范大学国文系。1933 年从北京师范大学毕业后，在察哈尔宣化师范学校任国文教师和教务主任。20 世纪 40 年代南下任职于南京中央大学。曾任江苏师范学院（今苏州大学）中国史教研室主任。著有《两都集》等。

夏虫篇（节选）
纪果庵

一、蛙

对于蛙的印象，无所谓好，也无所谓坏。

这几天下着黄梅雨，自然是青草池塘处处蛙了。若是在黄昏独坐，有好的庭院，譬如说，有柳林与蔷薇，竹篱外即是菜圃，也没有遮蔽远处灯火的高楼，而汽车声亦在一英里外，那就是很理想的听蛙所在了。我倒不大喜欢池塘也是自己的，关在大门里，还是让远方传来一阵响亮的"阁阁"之声吧。南方蛙声与北地有清浊之别，北方重浊得多。以上可以说是对蛙的印象。然若像我现所住的地方，出门有大饼、油条摊之油薰气，有贴着牛屎之围垣，有流着污恶的沫子和菜叶子之小河，入内有鸡粪，有发霉的老屋，湫隘而肮脏，那还以不听见蛙声为好，盖到底可以减少心思的躁闷耳。

我尝于幼年入学的途中看见乡人杀蛙，那乡村极美丽，小河环在四周，且点缀着芦苇、荷花与桔槔。杀蛙者就在村头的桥上，几条汉子围在一起，把盛在网袋里的许多蛙拿出来，一下子砍掉后腿部，肚子里的器官带着血泛出来，他们将它丢在河水里去，一片红色血花浮起，蛙的性命便完了。我们刚刚看了一只受刑，立即扭转了骑在驴背上的头，想起父亲常常给我们买着吃的"田鸡腿"，几乎要呕出来。为什么人们一定要吃到这样渺小的东西身上呢？而且一到要吃的时候，就不叫青蛙而呼为田鸡了，似乎既是鸡，就可杀。听说种稻的田，因为有水，蛙特别多，乡人们也吃得格外努力，故不必管蛙是益虫还是害虫。总之，它的存在不是像猪、羊等物，专是以被宰割为最后归宿则可知。故一想到此事，即刻有不好的印象在眼前。

儿时同学们又喜欢拿犀利的铁针去戳青蛙。那是把针缚在长杆上，立在池塘的丛草中静待蛙的出水，看准屁股马上刺去，真是惊险残忍极了。这时呱的一声，其他的蛙听了一齐扑通扑通跳下水。戳到蛙的孩子很得意地把它装在网袋里回去。我是胆小懦弱的人，始终不敢一试，也不愿看别人试。

癞蛤蟆当是蛙的变种，与蛙相比大有乡下蓬头垢面的女人与都市流线型女子之观，在南京似较少，在北方则甚多。它的叫声极似咬牙，我乡俗云此物一咬牙，就象征要下雨。它的眼上有两只瘤，可以取一种毒汁，即中药中之"蟾酥"，据说是可以消毒的，若然，也是以毒攻毒的一例了。月里"蟾蜍"不知究竟做何状，我下意识地以为就是这东西。

蛙是只会鸣的，"蛙啦蛙啦"，所以叫作"蛙"，既没有什么实力，那么，唯有听凭人家在屁股上刺了。

二、 萤

萤似乎给人较好的意象。

第一，因为它有光，于是古人囊了他，在照着夜读了。这个教训，只能使孩子多捉几只萤放在玻璃瓶里，而未曾引起夜读的兴致。恰如卧冰求鲤，亦不过惹起孩子们在冰上多一种淘气的方法而已。古人所说的腐草为萤，尚未获得根据，但总是在阴湿之地多，"腐"字却也说得有味。若让我欣赏萤火，一定得在古老的住宅与院落，深沉而寂静，宁使人心里有鬼物之思，而不可过于明朗。此感觉恰如白天与月夜不宜点百支光的电灯，似多此一举也。唐人诗云"轻罗小扇扑流萤"，是什么情趣呢？有抽水马桶的洋楼当然不对，灯红酒绿的筵宴不对，一种东西有一种配合的方法，萤虽很微细，也勉强不来，这是无可如何的。

流萤也只有二三点飞来飞去来尽够了，像隋炀帝那么把几斗萤放在半山上看热闹，真是暴发户式败家子的作风，不过给诗当作材料罢了。即使扑，也不定要扑得着，扑得了，更不一定囊起来或放在瓶子里研究它怎样发光。小儿常常捉着又放了，虽近于残忍，却也有些意思。我在北京住时，一宅甚大，晚间流萤去来，孩子比赛谁捉得多，但是到第二天早晨一看瓶中的

萤，不但没光，而且死了，失望得了不得。喜欢把别人的东西
弄到自己手里的人物，在中国很不少，大抵都可以说是囊萤求
光之徒吧？

六月十日于语冰斋

（《两都集》）

唐弢（1913—1992），原名唐端毅，字越臣，常用笔名风子、晦庵。浙江镇海人。1926年到上海华童公学学习，1929年肄业后考入上海邮局工作。1933年开始在《申报·自由谈》发表散文和杂文。参与1938年版《鲁迅全集》的编校工作，并开始辑录鲁迅佚文。1943年到一家私人银行当秘书，后又回邮局工作，并与柯灵合作创办《周报》，后又主编《文汇报》副刊《笔会》。1947年任震旦大学、上海戏剧学院教授。共出版杂文集、散文集、评论集、论文集20多种。

两种虫类

唐弢

夏秋的时候，街头巷尾常有叫卖鸣虫的。最普遍的两种，是叫哥哥和知了。

叫哥哥属于螽斯一类，色绿，混迹于豆棚瓜架，择肥而噬，吃饱了肚子没有事做，放开声音高唱一番；虽说唱的并不是嘴，而是嘴以外的另一种器官，但充溢在它们声音里的，据说都是天经地义般的大道理。

就因为是大道理，所以那么玄妙，那么不可理解，我们全听不懂。生在同一世界上，同为万物之一，但它们是它们，我们是我们，它们所唱的是本身利益，和我们没半点关系。

它们唱着，从早晨到夜晚，又从夜晚到早晨，所唱的终是这一套！

似乎天之所以生叫哥哥，就在使它们唱，使它们无裨于大众地高声地唱。

它们另外还有一种本领，便是跳。从这枝上跳到那枝上，又从那枝上跳回来，或者跳到别的什么地方。它们的目的在使肚子饱，享乐和舒服，以及尽量发挥它们唱的天才。

至于知了，却另有不同的地方。它们鄙夷叫哥哥的行为，而以清高自命；虽然肚子也一样吃得饱饱，据说只是些"于世无亏、于人无损"的露水。

知了喜欢把赭灰色的身体隐在树干里，放出"正人君子"般雍容的架子，冷笑别人昏愦贪吝，只有它们才是聪明的，"知了！知了！"什么都知道。可是它们却是时代的旁观者。

为着妒忌叫哥哥的得据肥枝，它们也常高声叫唱。那是另一种声音，另一个调子，唱来像是更为动听似的。

然也只是唱唱而已。

1933 年 8 月 2 日

（《推背集》）

吴秋山（1907—1984），原名吴晋澜，字秋山，笔名吴昊、吴天庐、白冰、茅青、鲁晳，室名白云轩。现代著名诗人、作家、书法家。著有散文集《茶墅小品》、新诗集《秋山草》及诗词集《松风集》。

蟋　蟀

吴秋山

　　时光真如电掣一般的迅速，瞬息之间，大地上烘烘的热度已在稀微断续的蝉声里，悄然辞去。森罗万象，经过了几番风雨之后，不觉已化为凉秋了。这时候，偶尔从上海的近郊走过，便可听见喊喊唧唧的蟋蟀声，从路旁的草丛间透了出来；怪悦耳的鸣声，这使我忆起了儿时饲养蟋蟀的事了。

　　蟋蟀在当时，确是我所喜欢的昆虫之中的最爱好的一种；为的是它们善斗，能使我觉得好玩的缘故。所以每逢秋天，我便和兄弟们或邻居的小朋友们，各自养了好多匹的蟋蟀；有的是向贩蟋蟀者买来的，但有时我们常在晨曦里，大家携着竹筒篾篓，一同上郊野去捕捉。蟋蟀的家，是在败堵丛草间的小穴里，我们听见它的声音从穴中漏出时，便取潭水灌了进去，使它被水所淹，匿不住身子，于是跃出穴外，向草野里乱跳乱窜。

我们便踏踏地用小铅丝罩笼住了它，连忙捉入篾篓里。这样接二连三地捉着，直到太阳高照之后，方才得意地携了回来。

蟋蟀携到家里之后，我们就忙着建筑它们的住宅了。用铅片制成的盒子（或空大的纸烟盒），将里面隔着火柴盒壳及卡片，曲曲折折的好像富人的别墅似的，有深院，有回廊，有阶砌，有园地。盒盖上还钻了许多小洞，当作天窗，以通空气，于是这蟋蟀的住宅便落成了。——江浙一带多用瓦盆，但在我们故乡（诏安）却很少见——它们舒适似的住在里面，我们每天把新鲜的丝瓜花和黍穗等物放在盒里，供作它们的食粮。

每天早上，大家都携着蟋蟀，聚集在一处。用量米的小斗，当作战场，把两只蟋蟀放在一起。它们一经接触，就各张牙鼓翅，迎头痛击；有的一战便分胜负，有的接连倒翻了几个筋斗，苦斗了好几个回合之后，才见输赢。胜的耀武扬威，振翅高鸣，好像胜利的战士在唱着凯旋之歌一般，使我们欢呼不已。败的则偃旗息鼓，不敢声张，以后虽再碰头，也只好望风而逃，不敢再启牙一斗了。这时败者的主人不免失意地把它重新捉了过来，放在掌中，用左右手掌循环地连接着，教蟋蟀在掌上不断地操练。经过几分钟后，再放进去重斗。如果又输了，就再捉起来，用手指抹着舌涎，去擦热蟋蟀的牙，接着又用两指摄着它的触须，了了着，口里吹出阵阵的风，把它的翅翼吹得如罗裙似的飘着，然后重放掌中，像空间抛掷了若干回，使它昏醉地再行苦斗。间也可以冀得胜利的，但若力量太差，又终归于失败时，那就成为沙场败将了。

　　蟋蟀一名促织，又名趋织，又叫吟蛩。白石道人云："蟋蟀中都呼为促织，善斗，好事者或以二三十万钱致一枚，镂象齿为楼观，以贮之。"《宋史·贾似道传》云："日与群姬斗蟋蟀于葛岭山庄。"《聊斋志异·促织》云："宣德间，宫中尚促织之戏……"可见在好几百年前，已经有人玩这把戏了。

　　后来我们年纪渐长，觉得它们这样的同种相戕，弄得破头断肢，未免有些不忍。正如中国的军阀，只能互相争斗，不能共御外侮，同样地引为遗憾！于是我们不再让蟋蟀去阋墙相斗了。把它们单独地各自放在一只小盒子里；夜晚排列在天井中，寂静地卧听它们那凄清的声调，觉得别有一种情趣。

　　蟋蟀是一种直翅类的昆虫，也属于节肢动物。它的身体是长圆形的，长约五六分的光景。体的颜色，大别可分为二种：一种是黑色的，还有一种是褐色的。它的头部很是发达，大占全身十分之三强。生有一对浓褐色的触须，比较它的身体还要长些。在触须近处，有两只椭圆形的黑色复眼，用以观察物象。此外还有三只单眼，借以感觉明暗。下面便是嘴部，嘴角露出犀利的牙，以便食物及咬斗。前胸是长方形的，有斑纹。雄的前翅分左右一对，达到腹部的末节：左翅在下面，质软而透明，边缘有锯齿；右翅在上面，质硬而坚固，表面有波状脉。两翅相重叠，连接的地方有刚强的声器，所以左右两翅互相摩擦，就会发出响亮的声音。当声音发出时，两翅是比平时较为提高的。及到两翅叠实，恢复原状的时候，那声音遂即停止。可见它的鸣声，实际上并不是从口里唱出，而是由翅膀发出来的。

它的腹下有肢三对，后肢较为强大，善于跳跃。在尾端还有尾毛一对。雌的生理上的构造和雄的不同。它的翅较短，有直棱，而翅间没有刚强的声器，所以虽是两翅摩擦，也不能够发出高声，只能发出唧唧的微吟而已。它的腹部较大，末端也有尾毛一对，但比较雄的稍为短些。在尾毛的中间，具有产卵管。它们交尾之后，雌的卵子受精，身体就渐渐大了起来。后来它便在草丛间的泥土里产卵，直至北风凛冽的时候，它们便先后受着严寒的侵凌而僵殒了。卵子在泥土里越过了寒冬，到翌年的春间，便在温暖的阳光里孵成小虫，于是逐渐长大起来。到了秋天，发育方告完全，就变成能鸣善斗的蟋蟀了。

它们性怕日光。所以当太阳朗照的时候，它们都栖息在土穴里或石砾下，不敢出来。到了日落西山的夜晚，它们便擦翅高鸣，并且出来觅食了。它们的食物，是小昆虫与草木的幼根。对于植物的滋长是有妨碍的。但有时它们又常吃些有害禾稻的毒草和害虫，所以它们对于农业上可以说是利害参半。

蟋蟀的鸣声，是开始于秋天的。这在旧书上也有记载。如《四子讲德论》曰："蟋蟀候秋吟。"《埤雅》也云："蟋蟀随阴迎阳，一名吟蛩。秋初生，得寒乃鸣。"但是古人尝谓蟋蟀鸣时，是在催促职工勤紧工作的意思。如《诗纬泛历枢》云："立秋促织鸣，女工急促之候也。"又《尔雅疏》里语曰："趋织鸣，懒妇惊。"又《诗经》云：

蟋蟀在堂，岁聿其莫；今我不乐，日月其除。无已大康，职思其居；好乐无荒，良士瞿瞿。

蟋蟀在堂，岁聿其逝；今我不乐，日月其迈。无已大
康，职思其外；好乐无荒，良士蹶蹶。

蟋蟀在堂，役车其休；今我不乐，日月其慆。无已大
康，职思其忧；好乐无荒，良士休休。

这都是说因为蟋蟀的鸣声，而唤起人们对于职务的警惕的
心理。但从生物学的立场看来，蟋蟀的自身不过是一种昆虫。
它的鸣声也纯粹是一种昆虫的鸣声，并没有含其他的意义，和
人们的职务是丝毫没有相干的。不过人们总是善感的，往往听
到它的凄凄切切的鸣声，就要触起无限的感怀。所以历来许多
许多诗人词客多把它作为写愁抒怨的资料。如阮籍的《咏怀》
诗云：

开秋兆凉气，蟋蟀鸣床帷。
感物怀殷忧，悄悄令心悲。
…………

又姜夔咏蟋蟀的《齐天乐》词云：

庾郎先自吟愁赋，凄凄更闻私语。露湿铜铺，苔侵石
井，都是曾听伊处；哀音似诉，正思妇无眠，起寻机杼。
曲曲屏山，夜凉独自甚情绪！西窗又吹暗雨，为谁频断续，

相和砧杵？候馆吟秋，离宫吊月，别有伤心无数。齑诗漫
与，笑离落呼灯，世间儿女，写入琴诗，一声声更苦。

又纳兰容若《清平乐》词云：

　　凄凄切切，惨澹黄花节。梦里砧声浑未歇，那更乱蛩
悲咽……

　　肃杀的秋天，原很容易惹人伤感的，更何况听到唧唧哀吟
的蛩声呢，当然是更免不了要百感交集，愁绪填膺了。所以他
们借文字来发泄心中的牢骚，是无怪的。
　　然而这得要在乡野，才有这种情调。若是在"铅色"的都
市，那就不同了。就说现在的上海吧，所看到的，随处都是水
门汀，很难找到一片草地，当然没有蟋蟀们的足迹了。我虽然
喜欢蟋蟀，但是现在已没有儿时那样的兴致与余闲去养它。纵
使有时到郊外碰巧听到它们几声微吟，但也是很难得的机会。
因此常想起如得几日清闲，到江村茅舍里去卧听那残夜的雨余
的吟蛩，那是多么饶有诗意的事，虽然这诗意许是很凄凉的！
又杜甫《促织》诗云：

　　促织甚微细，哀音何动人。
　　草根吟不稳，床下夜相亲。
　　久客得无泪，故妻难及晨。

悲诗与急管，感激异天真。

又白居易《闻蛩》诗云：

闻蛩唧唧夜绵绵，况是秋阴欲雨天。
犹恐愁人暂得睡，声声移向卧床前。

（《茶墅小品》）

纪果庵（1909—1965），原名纪庸，字国宣，号果庵，笔名纪果庵、纪果轩等。河北蓟县人。1928 年毕业于河北通县省立师范学校，随后考入北京师范大学国文系。1933 年从北京师范大学毕业后，在察哈尔宣化师范学校任国文教师和教务主任。20 世纪 40 年代南下任职于南京中央大学。曾任江苏师范学院（今苏州大学）中国史教研室主任。著有《两都集》等。

蟋 蟀

纪果庵

虽然过了中秋节，天气还在热，可是蟋蟀的声音到底繁了，凤仙已谢，玉簪与秋海棠正散着幽香。《诗经·豳风·七月》：

七月在野，八月在宇，九月在户，十月蟋蟀入我床下。

又唐《蟋蟀》：

蟋蟀在堂，岁聿云莫，今我不乐，日月其除！

《豳风》的句法实在好，颇肖民歌口吻。九月十月，乃是殷人建丑之历，合了夏历，正是七八两月，而岁莫之说以此。现在蟋蟀虽尚未入我的简陋之床下，然而听着有岁莫之思，则是实情，古人质朴说来，殊比后人律诗赋大有味也。刘同人《帝京景物略》"胡家村"条云：

> 永定门外五里，禾黍嶷嶷然被野者，胡家村。禾黍中，荒寺数出，坟兆万接；所产促织，矫鸣善斗，殊胜他产。秋七八月，游闲人，提竹筒，过笼，铜丝罩，诣丛草处，缺墙颓屋处，砖甓土石堆磊处，侧听徐行，若有遗亡，迹声所缕发而穴斯得。乃操以尖草，不出，灌以筒水，跃出矣；视其跃状而佳，遂且捕之，捕得，色辨形辨之；辨审，养之；养得其性若气，试之，试而才，然后以斗。《促织经》曰：虫生于草土者，身软，砖石者，体刚，浅草瘠土者，性和，砖石深坑及地阳向者，性劣，若是者穴辨。凡促织青为上，黄次之，赤次之，黑又次之，白为下，若是者色辨；首项肥，腿胫长，背身宽上也，不及斯次，反斯下也，若是者形辨。养有饲焉，有育焉，有病用医焉，如是，蟋蟀性良气全矣。中则有材焉者，间试而亟蓄其锐，以待斗。初斗，虫主者各纳虫于比笼，身等色等，合而纳于斗盆。虫胜，主胜；虫负，主负；胜者，翘然长鸣，以报其主，然必无负而伪鸣，与未斗而已负走者，其收辨，其养素，其试审也。虫斗口者，勇也；斗间者，智也。斗间者俄而斗口，敌虫弱也；斗口者俄而斗间，敌虫强也。

此所云不免将我的记忆拉到上小学的时代了。晚明文字特色，即在不完全以古文的老调，描写胸中已熟的物事，实则在韩、柳亦非老调，因后人之效颦而成老调耳。即如晚明一派，如果人人为之，日日为之，处处为之，不免也成为滥调而令人扪鼻矣。然刘同人的本领正同于"三百篇"，盖不是用粉本临摹，而是实物观察之写生也。即其写景，又何不然。读书久之，非常喜欢将日常琐琐，我欲言而说不好者，由古人好的文字中找到材料。若是在枕边，·便可以刺激得翻身而起，握笔抄之，像此段文章，我意颇可当其一。在北京斗蟋蟀是大规模的赌博，有如《聊斋志异》所云，刘君亦云：

> 凡都人斗蟋蟀之俗，不直闾巷小儿，贵游至旷厥事，豪右以销其赀，士荒其业。

这种玩法，如贾秋壑结习，十分不敢苟同。我国人往往对于小孩子之玩耍严厉制止，而一做大官，反大玩特玩起来，甚至旷事倾赀以至亡国，殊为不可解。闻今日海上有以赌败产自杀者，与此可一概而论。我做小学生时是我自己的父亲做校长，表面上父亲很严格地管我，而我却以敢在父亲讲授《论语》时向同学挤眉弄眼为得意。天籁阁藏宋人书本有《村童闹学图》，一如旧日年下所售木刻板画，老师面上涂了墨，而一群孩子在胡天胡帝地乱吵。我们掏蟋蟀的地点多在石罅，盖深知"生于草土者身软"之道理乎？其斗时，则放在陶罐里乱咬一阵，绝不珍惜。死了，再掏，胜，也无所谓骄傲输赢。这才是一种天真的纯洁的游戏态度，我想是应当赞扬的。

遍查日下旧闻等，已无胡家村之名。取《故都文物略》所附之东南郊地图勘阅，亦无其地，或此产蟋蟀的名区已竟有人事的沧桑了吗？看了《景物略》中所叙禾黍离离的样子，那时已如此荒凉，今日即名字沦亡，似亦非不可能。若然，则又平添不少感触，惜我不是北京土著，对实况毫无所知，真觉惭愧。《清嘉录》多记吴俗，卷八《秋兴》条下云：

> 白露前后，驯养蟋蟀以为赌斗之乐，谓之秋兴，俗名斗赚绩。提笼相望，结队成群，呼其虫为将军。以头大足长为贵，青黄红黑白正色为优。大小相若，铢两悉均。然后开栅门，时有执草引敌者，曰敌草。两造认色，或红或绿，曰标头。台下观者，即以台上之胜负为输赢，谓之贴标斗。分筹马，谓之花，花假名也，以制钱一百二十文为一花，一花至百花千花不等，凭两家议定。胜者得彩，不胜者输金，无词费也。

闻北京斗蟋蟀皆在宣武门外某店内，养者凭介绍人之介绍而各出虫以斗，斗前必须以天平称虫之重，须相等始斗，输赢数相当可观。但南风如是，似尤有投机侥幸之感矣。余见叉麻雀时或有在一门下注，以为附带之输赢者，盖与此同。我平生无博戏天才，而对打牌等并不厌弃，因亦可以觇个人脾气或磨练情性，但若像"贴标斗"那样，不讲技术，而专尚运气，甚所不取。中国之好不劳而获,在游戏时犹不免,奈何奈何。余颇爱《通艺录》等书,以其能实地观察,匡正俗传讹谬,如《蜈蚣蜾蠃异闻记》等皆有味,比"逆妇变猪,雀入大水为蛤"诸说,不知要高明多少倍,惜《释虫小记》无关于蟋蟀之记载,或以此物自来无异闻故。郝兰皋《证俗文》,仍有少许荒唐处,蟋蟀亦无所说。《尔雅义疏》云:

> 《陆玑疏》云:蟋蟀似蝗而小,正黑,有光泽如漆,有角翅。……幽州人谓之趣织。《里语》曰:趣织鸣,懒妇惊是也。……按今顺天人谓之趋趋,即促织蟋蟀之语声相转耳。

陆书记幽州音,多与今日会颇可喜,即如诗芄兰,即记曰幽州人谓之雀瓢,在我乡正有一种草叫老雅瓢的。如趋趋之名,更全不异,二千年来,居然无变化,亦奇,唯所云《里语》则无之矣,郝说三音乃一音之转,甚是。《尔雅》原文云"蟋蟀,蛬",蛬字不常见,当即后之蛩字。《埤雅》:"蟋蟀随阴迎阳,一名,蛩。"可证。唯昔日老师教文章时,迄未说明,遂不知蛬到底是何物,而了解上不免隔一层,这也算是很憾事的吧。

秋虫初不仅蟋蟀,蟋蟀以善斗而有代表资格耳。于吾辈乡人,终以听鸣声为第一义,吾乡谑人云"听趋趋儿叫去吧",意乃咒其速死,在地下则可常听此声矣,是为重听不重斗之旁证。若记鸣秋之虫,仍不能不推刘君,《景物略》同条云:

　　然嬉之虫，又不直促织，有虫黑色，锐前而丰后，须尾皆歧，以跃飞，以翼鸣，其声蹬棱棱，秋虫也，暗即鸣，鸣竟刻，明即止，瓶以琉璃，饲以青蒿，状其声名之，曰金钟儿。

　　有虫，便腹青色。以股跃，以短翼鸣，其声聒聒，夏虫也，络纬是也。昼而曝，斯鸣矣，夕而热，斯鸣矣，秸笼悬之，饵以瓜之穰，以其声名之，曰聒聒儿。

　　有蜘蟟者，蜩也，马蜘蟟者，蝉也，名以听之所为情，寂寥然也。鸣盖呼其候焉。三伏鸣者，声躁以急，如曰伏天伏天，入秋而凉，鸣则凄短，如曰秋凉秋凉。取者，以胶首竿，承焉，惊而飞也，鸣则攸然；其粘也，鸣切切，曰如吱吱，入乎乎而卧之，悲鸣有求，如曰施施。

　　促织之别种三：肥大倍焉者，色泽如油，其声呦呦呦，曰油葫芦；其首大者，声梆梆，曰梆子头；锐喙者，声笃笃，曰老米嘴。三者不能斗而能声，摈于养者童或收之，食促食织之余草具。

此皆体物入微之文，非见者不知。金钟儿，北京虫贩多市之，一担千百，作声如潮。廿六年秋日，家居闷损，买三枚以磁壶盛之，声音清越，大是可玩。惜雌雄分配不匀，星晨检视，其一已死。吾乡居东陵之旁，其地盛产金钟，故旧京虫贩每称从东陵来，其实何尝是！亦如卖蟋蟀者均诡称由兖州、曹州来耳。因念上海人天天吃良乡栗子，不知良乡不以产栗闻。又或曰"天津良乡栗子",良乡离北平七十里,离津何止三百里,中国地大物博,此亦一种证据与笑话。"络纬秋啼金井阑",是太白诗,则络纬非专鸣夏者,吾乡初秋尚多,中秋节后少见。此物多栖止于高粱,儿时在种瓜的野地处嬉戏,听四面高粱田中聒聒声,就吵着要大人去捉。盖其口器甚利,小儿手指易被啮损。捉着了,取高粱秆一段,剥其韧皮,束虫颈使固着于秆上,一秆常可系六七枚,归家时则大乐了。雌者不能鸣,徒便其腹,我乡呼之曰驴驹子,莫明指意。以高粱秆做聒聒笼,亦乡人绝妙巧艺,或可重叠至三五层,层层有虫,鸣声一作,聒耳欲聋。或云,北京皇城之角楼,楹桷叉枒,即取象于笼,不知然否?饲虫用南瓜花及穰,曝之则鸣,亦不差。我说得噜噜苏苏,还是不如刘君的要言不烦,惭愧之至。

《尔雅》:"蜩,蜋蜩;螗,蜩;蚻,马蜩;蜺,寒蜩;蜓蚞,螇螰。"《郝疏》云:"皆蝉也,方语不同。方言云,秦晋之间谓之蝉,海岱之间谓之𪕩。今黄县①人谓之蛣蟟,栖霞谓之蠡蟟,顺天谓之蜘蟟,皆语声之转也。……《论衡》以为蛴螬所化,或言朽木所为,旧说蜣蜋所变,斯皆非也。今验雌蝉不鸣,遗子入地而生也。"又云:"蝒者,《说文》云,马蜩也。……今此蝉呼为马蠡蟟,其形庞大而色黑,鸣声洪壮,都无回曲。……蜺者,《说文》云,寒蜩也。……今此蝉青绿色,鸣声幽抑,俗人呼为秋凉者也。……东齐人谓之德劳,或谓之都卢,

---

① 即今龙口市。——编者注。

扬州人谓之都蟟，皆语声相转，其不同者，方音有轻重耳。……按今德劳以七月鸣，其鸣自呼，其色青碧，形小修长，顺天人谓之夫爹夫娘者也。"程瑶田《果臝转语记》，几于字音无不可转，此虽不说得如彼通圆，然却讲得恰好。以蝉名蜘蟟论，几乎自江北至塞外，无异名，而刘君更拉到寂寥上去，昔人诗所谓"蝉噪林愈静"，岂齐民亦颇晓得耶？郝君所谓"夫爹夫娘"者，即刘所言"伏天伏天"也，"秋凉"竟全同。我的经验，这种蝉总是向晚鸣，并非像麻君所说的躁以急，而颇有悠长之致。晚夜后在场圃乘凉，听老仆说鬼，是此虫正得意时；若当真躁急者，还是"马蜩"那一种，吾乡亦称之马吉了，声大而不悦耳，世俗所称之蝉，皆此物矣。即通常说的蜩螗鼎沸，也当指此。又吾乡小儿，均谓马吉了乃转丸之蜣螂所化，不知嫉虚妄的王仲任亦有此论。王君远在浙东，古昔对微物之名字与解说，普遍似此，盖非今人所可料。

油葫芦及梆子头，常听北京的小学生口里说着，唯无体物之验。然蟋蟀之雄者虽体大而不能鸣不能斗，俗名"三尾"（尾音以），以其尾三歧故。雄者"二尾"，小孩子掏蟋蟀，必避免三尾而以二尾为目标也。

关于虫子的事，知道得很少。《景物略》也说到有臭气的椿象，吾乡曰臭大姐，能叩首的叩头虫、瓢虫、金牛儿等，既非鸣虫，姑置不论。中国方志，除最新编著者外，很少对于昆虫、花鸟、植物、矿物等加以记载，即有载，亦从博物教本上抄掠好多名词，不能成为文章，使人读着不免失去一层亲切。现在所谓科学小品，就是要使科学物事与生活发生兴趣的联系，如刘君之文，大致可称楷模矣。记载风物，也是寄托乡怀之一法，所以拉杂抄书，成此不三不四之文，若其动机，还是刘君的文字之力所感召也。

（《两都集》）

夏丏尊（1886—1946），名铸，字勉旃，号闷庵，别号丏尊。著名文学家、教育家、出版家，新文学运动的先驱。浙江上虞人。1901年中秀才。1905年东渡日本留学，1907年辍学回国，先后在浙江、湖南、上海几所学校任教。1930年与叶圣陶创办民国时期在莘莘学子中颇有口碑的《中学生》杂志。1933年与叶圣陶合著出版小说体裁语文学习读本《文心》，其后15年间再版达22次。1936年任《新少年》杂志社社长，同年被推为中国文艺家协会主席。

蟋蟀之话

夏丏尊

"志士悲秋"，秋在四季中确是寂寥的季节，即非志士，也容易起感怀的。我们的祖先在原始时代曾与寒冷饥饿相战斗，秋就是寒冷饥饿的预告。我们的悲秋，也许是这原始感情的遗传。入秋以后，自然界形貌的变化反应在我们心里，引起这原始的感情来。

天空的颜色，云的形状，太阳及月亮的光，空气的触觉，树叶的色泽，虫的鸣声，凡此等等都是构成秋的情绪的重要成分。其中尤以虫声为最有力的因子。古人说"以虫鸣秋"，鸣虫实是秋季的报知者，秋情的挑拨者。

秋季的鸣虫可分为螽斯与蟋蟀二类，这里想只说蟋蟀。说起蟋蟀，往往令人联想到寂寥与感伤。"蟋蟀在堂""今我不乐"，"三百首"中已有这样的话。姜白石咏蟋蟀《齐天乐》

云："庾郎先自吟愁赋，凄凄更闻私语。……哀音似诉。正思妇无眠，起寻机杼。曲曲屏山，夜凉独自甚情绪。……候馆吟秋，离宫吊月，别有伤心无数。……写入琴丝，一声声更苦。"凡是有关于蟋蟀的诗歌，差不多都是带着些悲感的。这理由是什么？如果有人说，这是由自然的背景与诗歌上的传统口吻养成的观念情绪，也许的是。实则秋季鸣虫的音乐，在本质上尚有可注意的地方。

蟋蟀的鸣声，本质上与鸟或蝉的鸣声大异其趣。鸟或蝉的鸣声是肉声，而蟋蟀的鸣声是器乐。"丝不如竹，竹不如肉"，我国从来有这样的话，意思是说器乐不如肉声。其实就音乐上说，乐器比之我们人的声带，构造要复杂得多，声音的范域也广得多。声带的音色绝不及乐器的富于变化，乐器所能表出的情绪远比声带复杂。箫笛的表哀怨，可以胜过人的悲吟；鼓和洋琴的表快悦，可以胜过人的欢呼。鸟的鸣声是和人的叫唱一样，同是由声带发出的，其鸣声虽较人的声音有变化，但既同出于肉质的声带，与人声究有共同之点。蝉虽是虫类，其鸣声由腹部之声带发出，也可以说是肉声。

蟋蟀等秋虫的鸣声比之鸟或蝉的鸣声，是技巧的，而且是器械的。它们的鸣声由翅的鼓动发生。把翅用显微镜检查时，可以看见特别的发音装置，前翅的里面有着很粗糙的锉状部，另一前翅之端又具有名叫"硬质部"的部分，两者磨擦就发声音。前翅间还有一处薄膜的部分，叫作"发音镜"，这是造成特殊的音色的机关。秋虫因了这些部分的本质和构造，与发音镜的形状，各奏出其独特的音乐。其音乐较诸鸟类与别的虫类，有着如许的本质的差异。

螽斯与蟋蟀的发音样式大同小异：螽斯左前翅在上，右前翅在下；蟋蟀反之，右前翅在上，左前翅在下。又，螽斯的锯状部在左翅，硬质部在右翅；而蟋蟀则两翅有着同样的构造。此外尚有不同的一点：螽斯之翅耸立做棱状，其发音装置的部分较狭；蟋蟀二翅平叠，因之其发音部分亦较为发达。在音色上，螽斯所发的音乐富于野趣，蟋蟀的音乐却是技巧的。

无论鸟类、螽斯或蟋蟀，能鸣只有雄，雌是不能鸣的。这全是性的现象，雄以鸣音诱雌。它们的鸣，和南欧人在恋人窗外所奏的夜曲同是哀切的恋歌。蟋蟀是有耳朵的，说也奇怪，蟋蟀的耳朵不在头部，倒在脚上。它们共有三对脚，在最前面的脚的腔节部具着附有薄膜的细而长的小孔，这就是它们的耳朵。它们用了这"脚耳"来听对手的情话。

蟋蟀的恋歌似乎很能发生效果。我们依了蟋蟀的鸣声，把石块或落叶拨去了看，常发现在那里的是雌雄一对。石块或落叶丛中是它们的生活的舞台，它们在这里恋爱，产卵，以至于死。

蟋蟀的生活状态在自然界中观察颇难，饲养于小瓦器中，可观察到种种的事实。蟋蟀的恋爱生活和他动物及人类原无大异，可是有一极有兴趣的现象：它们是极端的女尊男卑的，雌对于雄的威势，比任何动物都厉害。试把雌雄二蟋蟀放入小瓦器中，彼此先用了触角探知对方的存在以后，雄的即开始鸣叫。

这时的鸣声与在田野时的放声高吟不同，是如泣如诉的低音，与其说是在伺候雌的意旨，不如说是一种哀恳的表示。雄的追逐雌的，把尾部向雌的接近，雌的犹淡然不顾。于是雄的又反复其哀诉，雌的如不称意，犹是淡然。雄的哀诉，直至雌的自愿接受为止。交尾时，雌的悠然爬伏于雄的背上，雄的自下面把交尾器中所挟着的精球注入雌的产卵管中，交尾的行为瞬时完毕。饲养在容器中的蟋蟀，交尾可自数次至十余次，在自然界中想必也是这样。这和蜜蜂或蚕等只交尾一次而雄的就死灭的情形不同了。说虽如此，雄蟋蟀在交尾终了后，不久也就要遇到悲哀的运命。就容器中饲养的蟋蟀看，结果是雌的捧了大肚皮残留着，雄的所存在者只翅或脚的碎片而已。这现象已超过女尊男卑，入了极端的变态性欲的范围了。雄的可说是被虐待狂的典型，雌的可说是虐待狂的典型了吧。

原来在大自然看来，种的维持者是雌，雄的只是配角而已。有些动物的雄，虽逞着权力，但不过表面如此，论其究竟，负重大牺牲的仍是雄。极端的例可求之于蜘蛛或螳螂。从大自然的经济说，微温的人情——虫情原是不值一顾的，雄蟋蟀的悲哀的凤命和在情场中疲于奔命而死的男子相似。

蟋蟀产卵，或在土中，或在树干与草叶上。先入泥土少许于玻璃容器，把将产卵的雌蟋蟀储养其中，就能明了观察到种种状况。雌蟋蟀在产卵时，先用产卵管在土中试插，及找得了适当的场所，就深深地插入，同时腹部大起振动。产卵管是由四片细长的薄片合成的，卵泻出极速，状如连珠，卵尽才把产卵管拔出。一个雌蟋蟀可产卵至三百以上。雌蟋蟀于产卵后亦即因饥寒而死灭，所留下的卵，至次年初夏孵化。

蟋蟀在昆虫学上属于"不完全变态"的一类，由卵孵化出来的若虫差不多和其父母同形，只不过翅与产卵管等附属物未完全而已。这情形和那蝶或蝇等须经过幼虫、蛆蛹、成虫的三度变态的完全两样。（像蝶或蝇等叫作"完全变态"的昆虫。）自若虫变为成虫，其间须经过数次的脱皮，不脱皮不能生长。脱皮的次数也许因种类而有不同，学者之间有说七次的，有说八次或九次的。每次脱皮以前虽没有如蚕的休眠现象，可是一时却不吃东西，直至食道空空，身体微呈透明状态为止。脱皮时先从胸背起纵裂，连触角都脱去，剩下的是雪白的软虫，过了若干时，然后回复其本来特有的颜色。这样的脱皮经过相当次数，身体的各部逐渐完成。变为成虫以后，经过四五日即能鸣叫，其时期因温度、地域、种类、个体而不同，大概在立秋前后。它们由此再像其先代的样子，歌唱，恋爱，产卵，度其一生。

蟋蟀能草食，也能肉食。普通饲养时饲以饭粒或菜片，但往往有自相残食的。把许多蟋蟀置入一容器中，不久就会因自相残食而大减其数。

雄蟋蟀富于斗争性，好事者常用以比赛或赌博。他们对于蟋蟀鉴别甚精，购求不惜重价，因了品种予以种种的名号。坊间至于有《蟋蟀谱》等类的书。我是此道的门外汉，无法写作这些斗士的列传。

1933 年 10 月

郑振铎（1898—1958），中国现代著名作家、文学史家。1917 年考取北京铁路管理学校高等科官费生。1920 年与沈雁冰、叶圣陶等发起成立文学研究会。1921 年到商务印书馆编译所工作。1923 年起主编《小说月报》。1931 年任燕京大学中文系教授。1935 年任暨南大学文学院院长兼中文系主任。1945 年创办并主编《民主》周刊。著有《插图本中国文学史》《文学大纲》《中国俗文学史》等。

蝉与纺织娘

郑振铎

你如果有福气独自坐在窗内，静悄悄的，没有一个人来打扰你，一点钟、二点钟地过去，嘴里衔着一支烟，躺在沙发上慢慢地喷着烟云，看它一白圈一白圈地升上，那么在这静境之内，你便可听到那墙角阶前的鸣虫的奏乐。

那鸣虫的作响，真不是凡响；如果你曾听见过曼杜令的低奏，你曾听见过一支洞箫在月下湖上独吹着，你曾听见过红楼重幔中透漏出来的弦管声，你曾听见过流水淙淙地由溪石间流过，或你曾倚在山阁上听着飒飒的松风在足下拂过，那么，你便可以把那如何清幽的鸣虫之叫声想象到一二。

虫之乐队，因季候的关系，而颇有不同：夏天与秋令的虫声，便是截然的两样。蝉之声是高旷的、享乐的、带着自己满足之意的；它高高地栖在梧桐树或竹枝上，迎风而唱，那是生之歌，生之盛年之歌，那是结婚歌，那是中世纪武士美人大宴时的行吟诗人①之歌。无论听了那叽——叽——的曼长音，或叽格——叽格——的较短声，都可以同样受到一种轻快的美感。秋虫的鸣声最复杂；但无论纺织娘的咭嘎，蟋蟀的唧唧，金铃子的叮令，还有无数无数不可名状的秋虫之鸣声，其音调之凄抑却都是一样的：它们唱的是秋之歌，是暮年之歌，是薤露②之曲。它们的歌声，是如秋风之扫落叶，怨妇之奏琵琶，孤峭而幽奇，清远而凄迷，低徊而愁肠百结。你如果是一个孤客，独宿于荒郊逆旅，一盏荧荧的油灯，对着一张板床、一张木桌、一二张硬板凳，再一听见四壁唧唧知知的虫声间作，那你今夜便不用再想稳稳当当地安睡了。什么愁情、乡思以及人生之悲感，都会一串一串地从根儿勾引起来，在你心上翻来覆去，如白老鼠在戏笼中走轮盘一般，一上去便不再想下来憩息。……如果那一夜是一个月夜，天井里统统是银白色，枯秃的树影，一根一条地很清朗地印在地上，那么你的感触将更深了，那也许就是所谓悲秋。

秋虫之声，大概都在蝉之夏曲已告终之后出现，那正与气候之寒暖相应。但我却又有一次奇异的经验，在无数的纺织娘

---

① 行吟诗人（Troubadour），中世纪法国东南部一州布罗温斯（Provence）之宫廷文学派，以词句华丽、韵律变化为美，既事技巧，且炫情热。内容多颂扬为其所护之女王、贵嫔，称其淑德容色，并抒一己之敬爱，大都千篇一律，故评价甚低。——原编者注。

② 薤露，古挽歌，言人命如薤上之露，易晞灭也。——原编者注。

之鸣声已来了之后，却又听得满耳的蝉声。我想我们的读者中有这种经验的人必是不多的。

我在山中，每天听见的只有蝉声，鸟声还比不上。那时天气是很热，即在山上，也觉得并不凉爽。正午的时候，躺在廊前的藤榻上，要求一点的凉风，却见满山的竹树梢头，一动也不动，看看足底下的花草也都静静地站着，似老僧入了定似的。风扇之类既得不到，只好不断地用手巾来拭汗，不断地在摇挥那纸扇了。在这时候，往往有几缕的蝉声在槛外鸣奏着。闭了目，静静地听了它们在忽高忽低，忽断忽续，此唱彼和，仿佛是一大阵绝清的乐阵，在那里奏着绝清幽的曲子，炎热似乎也减少了，然后，朦胧地朦胧地睡去了，什么都不觉得。良久，良久，清梦醒来时，却又是满耳的蝉声，山中的蝉真多！绝早的清晨，老妈子们和小孩子们常去抱着竹竿乱摇一阵，而一只、二只的蝉便要跟随着朝露而落到地上了。每一个早晨，在我们滴翠轩的左近，至少有百只以上的蝉是这样地被捉，但蝉声却并不减。

…………

半个月过去了，有的时候，似乎蝉声略少，第二天却又多了起来。虽然叽——叽——地不息地鸣着，却并不觉喧扰；所以大家都不讨厌它们。我却特别地爱听它们的歌唱，那样的高旷清远的调子，在什么音乐中可以听得到！所以我每以蝉声将绝为虑，时时地干涉孩子们捕捉。

到了一夜，狂风大作，雨点如从水龙头上喷出似的，向槛内廊上倾倒。第二天还不放晴。再过一天，晴了，天气却很凉，蝉声乃不再听见了！全山上在鸣唱着的却换了一种咭嘎——咭嘎——的急促而凄楚的调子，那是纺织娘。

"秋天到了。"我这样地说着，颇动了归心。

再一天，纺织娘还是"咭嘎咭嘎"地唱着。

然而第三天早晨，当太阳晒得满山时，蝉声却又听见了，且很不少。我初听不信，叽——叽——叽格——叽格——那确是蝉声！纺织娘之声又潜踪了。

蝉回来了，跟它回来的是炎夏。从箱中取出的棉衣又复放入箱中。下山之计遂又打消了。

谁曾于听了纺织娘歌声之后再听了蝉之夏曲呢，这是我的一个有趣的经验。

十一月八日夜补记

(《山中杂记》)

茅　盾（1896—1981），原名沈德鸿，笔名茅盾等，字雁冰。浙江嘉兴桐乡人。新文化运动的先驱，中国现代著名作家、文学评论家、文化活动家以及社会活动家。1913 年考入北京大学预科第一类。预科毕业后，入商务印书馆编译所工作。代表作品有《子夜》《霜叶红似二月花》《春蚕》《白杨礼赞》等。

育　蚕

茅　盾

　　育蚕之法，每年春三月，以去年所收之蚕种，洒以盐水，谓之浴蚕。蚕子乃蛾所生，粘着纸上，密布无隙地，而又无重叠者。每纸长阔各尺许。子初生时色黄，继而转绿，终乃为黑色；大如针尖，质极轻，凡四万余粒而重一两，半兆余而重一磅。每蛾能生子至七百余粒，子尽而蛾死。蛾有雌雄，雄蛾交后即弃之，雌蛾亦有不产卵者。

　　蚕初生时，细如黑丝，桑叶当切碎而饲之。数日后渐大，十日而眠期至矣。同筐之蚕，眠期恒有早晚。眠时不食，四十八小时后，则蜕皮而起矣，是为初眠。初眠之后十日，是为二眠。递增至四眠，则吐丝作茧之时近矣。四眠时蚕身最长；四眠而后，身反短，而通体透明。自初生以至丝成作茧，苟非眠时，无刻不食。大蚕食叶之声，如雨打蕉叶，如硬毫落纸。

　　蚕将作茧，则投于稻秆束上，谓之上山。蚕即于秆间作茧，茧成则化为蛹，而自困于茧中。吐丝之时，蚕昂首上下摇动，丝即从其口出，本为二缕，出口后，合为一，围绕蚕身，渐积渐厚，终乃成椭圆形之物，微有弹力，是即茧也。初吐之丝，浮松附着于茧外者，谓之茧网，不能缫为丝。茧以白色居多，间有黄者。亦有二蚕共成一茧，大逾寻常，中有二蛹。

　　以蚕丝置显微镜下观之，见其光明如玻璃，两股相纽，因知本为二缕，经蚕口黏液之力，乃相结合。其质至轻至细，合计千余茧之丝，乃成生丝一磅。然则吾人之遍身罗绮者，正不知合几许可怜虫之惨淡经营，又不知费几许蚕妇之晨昏劬劳，乃成之也。咏"遍身罗绮者，不是养蚕人"之句，能弗慨然！

叶圣陶（1894—1988），原名叶绍钧，字圣陶。现代著名作家、语文教育家，中国第一位童话作家。1911 年中学毕业。1915 年到上海尚公小学任教，同时为商务印书馆编写小学国文课本。1923 年任商务印书馆编辑，1927 年代理主编《小说月报》，1931 年主编《中学生》杂志。著有小说、散文集、童话集及语文教育论著多部，编辑课本数十种。其中童话集《稻草人》是具有开拓意义的作品，长篇小说《倪焕之》被誉为划时代的扛鼎之作。

没有秋虫的地方

叶圣陶

　　阶前看不见一茎绿草，窗外望不见一只蝴蝶，谁说是鹁鸪箱里的生活，鹁鸪未必这样趣味干燥呢。秋天来了，记忆就轻轻提示道："凄凄切切的秋虫又要响起来了。"可是一点影响也没有，邻舍儿啼人闹弦歌杂作的深夜，街上轮震石响邪许并起的清晨，无论你靠着枕儿听，凭着窗沿听，甚至贴着墙角听，总听不到一丝的秋虫的声息。并不是被那些欢乐的、劳困的、宏大的、清亮的声音淹没了，以致听不出来，乃是这里本没有秋虫这东西。啊！不容留秋虫的地方！秋虫所不屑居留的地方！

　　若是在鄙野的乡间，这时令满耳朵是虫声了。白天与夜间一样地安闲；一切人物或动或静，都有自得之趣；嫩暖的阳光或者轻淡的云影覆盖在场上到夜呢，明耀的星月或者徐缓的凉风看守着整夜，在这境界这时间唯一的足以感动心情的就是秋虫的合奏。它们高、低、宏、细、疾、徐、作、歇，仿佛曾经过乐师的训练，所以这样地无可批评，踌躇满志。其实它们每一个都是神妙的乐师，众妙毕集，各抒灵趣，哪有不成雨间绝响的呢。

虽然这些虫声会引起劳人的感叹，秋士的伤怀，独客的微喟，思妇的低泣，但是这正是无上的美的境界，绝好的自然诗篇，不独是旁人最欢喜吟味的，就是当境者也感受一种酸酸的、麻麻的味道，这种味道在一方面是非常隽永的。

大概我们所蕲求的不在于某种味道，只要时时有点儿味道尝尝，就自诩为生活不空虚了。假若这味道是甜美的，我们固然含着笑意来体味它；若是酸苦的，我们也要皱着眉头来辨尝它；这总比淡漠无味胜过百倍。我们以为最难堪而亟欲逃避的，唯有这一个淡漠无味！

所以心如槁木不如工愁多感，迷蒙的醒不如热烈的梦，一口苦水胜于一盏白汤，一场痛哭胜于哀乐两忘。但这里并不是说愉快、乐观是要不得的，清健的醒是不须求的，甜汤是罪恶的，狂笑是魔道的。这里只说有味比淡漠远胜罢了。

所以虫声终于是足系恋念的东西，又况劳人、秋士、独客、思妇以外还有无量数的人，他们当然也是酷嗜味道的，当这凉意微逗的时候，谁能不忆起那美妙的秋之音乐？

可是没有，绝对没有！井底似的庭院，铅色的水门汀地，秋虫早已避去唯恐不速了。而我们没有它们的翅膀与大腿，不能飞又不能跳，还是死守在这里。想到"井底"与"铅色"，觉得象征的意味丰富极了。

1923 年 8 月 31 日作

(《未厌居习作》)

巴　金（1904—2005），原名李尧棠，字芾甘。新文化运动以来最有影响力的作家之一，被称为中国的卢梭。1927年至1929年赴法国留学。1927年完成第一部中篇小说《灭亡》，1929年在《小说月报》发表后引起强烈反响。其主要作品有《死去的太阳》《新生》《砂丁》《索桥的故事》《萌芽》，还有著名的"激流三部曲"《家》《春》《秋》和"爱情三部曲"《雾》《雨》《电》，其中，《家》是其代表作，也是我国现代文学史上最卓越的作品之一。

猴子的悲哀

巴　金

在最高的一层，就是头等舱的上面，那里大概是船长住的地方。我们在第四层甲板上可以望见那上面的景物。那房屋有三扇圆的窗户，被蓝花布窗帷掩着。房间不在这一面。房外两边都是空地方，各放了一只小船，左边还放着几只铁丝笼，里面关了三四只大鸟。在一张桌上也有一只笼子，一个猴子被囚在里面。

有一天不知道怎样，猴子竟从囚笼中逃出来了。

我知道这件事是在第二天早上，就是离开新加坡的次日。那时候我看见旗杆上有一个像老鼠一般的东西。这旗杆很粗，上面因为有几根起重机的杠杆要靠在那里，就加了一个椭圆的木板，四面也围着铁栏杆，但不很高，倘使有一个人站在那木板上看下面，他的身子只能够被栏杆遮着一小半。栏杆又很稀疏，所以这时猴子在上面跳动，我们也看见了。船的两边各有一把用粗绳（也许是铁丝）编成的梯子，一直通到木板上面，有时水手也从这梯子爬上去扫除上面的灰尘。这上面还有一道小梯，直通到顶上。

最初我还疑心那是老鼠，因为我们曾在货舱里看见大老鼠，而且那时我还不知道猴子逃亡的事。后来猴子沿着梯子上爬下来，但爬到中途又爬回去了。这次我才看清楚它是个猴子，还就是那个平日被囚在铁丝笼中的猴子，于是就有人来告诉我猴子逃亡的故事，又有人说它昨晚曾在上面拉绳子做出响声来。

黎拿了一个苹果出来，问一个瑞士的老头儿怎样可以把它抛上去给猴子吃，猴子已经饿了快一天了。那瑞士老头儿虽然是个老于航海的人，却也没法回答黎的问话。

不久一个水手从左边的梯子爬了上去，爬得很快。他快要爬到上面，却被猴子看见了，它就从右边爬下来。这水手马上退了几步，向旁边一侧，同时把手向猴子一扬。猴子本是很狡猾的，它爬到半途便停住来观动静，这时又爬回到木板上去。水手看见它爬回去，就很快地爬上木板。猴子却又从右边爬下去了。于是另一个水手又从右边的梯子爬上去。猴子看见两边都有人来捉他，便很快地溜到起重机的杠杆上去，右边的水手立刻把脚一蹬手一扬，也就溜到那根杠杆上面。猴子又溜上另一根杠杆，水手也跟上去。猴子见追得急了，就连忙溜到旁边吊货的绳子上面。下面站着的旁观的人便拉着那根绳子用力摇动。猴子没有防备，经不住一摇就落到第三层的甲板上了。旁观的人都跑来捉它。它跑得很快，大家都追它不着。后来还是一个法国兵用了一顶大帽子把它罩住了。这时候那个饲猴人就跑来，很喜欢地把猴子抱在怀里，走上那最高一层去了。

猴子在饲猴人的怀里不住地哀叫。这声音并不响亮，却有些惨痛，在这静寂的海上，在我的平静的心里，许久不能够消去。

(《海行杂记》)

陈子展（1898—1990），文学史家、杂文家。早年自长沙县立师范学校毕业，曾任小学教师。后在东南大学教育系进修，结业后回湖南从事教育工作。1927年"马日事变"后遭通缉，避居上海。1932年主编《读书生活》。1933年起任复旦大学等校教授。1922年开始发表作品，30年代曾发表大量杂文、诗歌和文艺评论，后长期从事《诗经》《楚辞》研究。著有《唐宋文学史》《诗经直解》《楚辞直解》等。

说猴巴戏

陈子展

沐猴而冠，非真人也。

猴巴戏的起源是很古的，甚至在一切戏剧起源之先。《诗经》里有"毋教猱升木"的话，似乎训练猴子缘竿的把戏老早就有了。《史记》《汉书》里都有"沐猴而冠"的话，这是说猕猴虽具衣冠，非真人也。无疑地也是说的猴巴戏。最显著的例子莫如《汉书·盖宽饶传》里说的："许伯入第，丞相御史皆贺。酒酣乐作，长信少府檀长卿起舞，为沐猴与狗斗。宽饶因起趋出，劾长信少府认列侯而沐猴舞，失礼不敬。"

这是说一家贵族的官邸大宴会，贵宾里面竟有闻乐起舞模仿猴子与狗斗争的把戏，而被弹劾为"失礼不敬"的。大约这个时候猴巴戏已经很流行，所以公卿大夫中也有知道而模仿它的了。

我的故乡常常有玩猴巴戏的经过，记得我在六七岁时就看见过猴子做戏了。当我十四五岁时候，辛亥革命后的那一年，也就是清朝政府对付革命党用尽威迫利诱已经完全不灵的那一年，我进了设在湖南著名米市长沙西北靖港的一所高等小学校。校址系租用的一个大盐仓，仓后也就是街后，有不少的住户，有一户借住了一家玩猴巴戏的四五个人。我们一群孩子因为好奇心的冲动，往往散课以后就赶去逗着猴子玩。我们和那个北方型的大汉，穿一套灰色的破旧军服，戴着一顶黑色的歪边的毡帽，很面善的猴戏老人混得很熟，因此知道了许多关于猴巴戏的事情。

原来飘到湖南玩猴巴戏的大半是河南、鄂北一带的流浪者，猴子则大都是大巴山里的山人，被人连哄带捉地请它出山。这位老人训练的两三只猴子，能够演出的戏似乎不少，可称熟练的是山人自有道理的空城计，尤其是关公走麦城的那一出。这只猴子但听老人的锣子一响，锣槌一指，口里歌唱，它便自开箱担，自加披挂，自戴枣红面具，自捧大刀，跨在一条黄狗的背上作为赤兔马，再听锣响，它就俨然地踏着台步，登场表演了。老人唱着，猴子跟着歌声、锣声做着，颇为合拍。另一只小猴扮着周仓带马领路，于歌声的悲壮中更显出英雄末路的苍凉，给我的印象实在太深了。

有一次，我们看见那个老人正在对着猴子大大生气，吼它几句之后又抽它几鞭子。猴子吓得蹦跳，痛得惨叫。老人怒气息了，把猴子拴在屋角边，开始和我们谈话。我们问他，他用北方口音回答：

"老乡，你为什么生气打猴子呢？"

"你们不知道，猴子这畜生是很狡猾又很乖巧的，很野蛮又很伏贴的，可是不容易教好。"

"那么，你怎么教它的呢？"

"要说容易也很容易，只用打、饿、饱三个字就行了。不是常言道，杀鸡给猴子看吗？初捉到猴子，它会连抓带咬的，你只须对着它用一根棒子打着手中捉牢的鸡，鸡便乱飞乱跳，再用一把雪亮的刀斩下那只鸡头，将鸡血倒沥在它的面前，它便吓得缩着身子不敢动，只是一抖一抖地发颤。从此以后，它看见鲜红的血也怕，看见雪亮的刀也怕，光看见一根棒子也要害怕了。这是打的一个法子。

"有时候猴子那个奴才满听话的，你教它东它就东，你教它西它就西，你教它跳它就跳，你教它站它就站，你教它坐它就坐。总之，你教它做一样它就遵命做一样。每做好一个动作你就给它一块糖或者一块肉，不听命令去做你就不给它吃什么，甚至给它吃一顿打。这样，你发的命令它就没有不遵守的了。这是饱的一个法子。

"有时候这畜生野性发作了，让它狂叫，让它暴跳，你可不理它。尽它倦了，饿了，你还是不理它，让它饿一日两朝，精疲力竭，你再教它，它会自然伏伏帖帖听你命令的。这是饿的一个法子。

"干咱们这玩意儿的，教狗，教熊，都用的这法子，畜生们没有不随我摆布随我玩弄的。哈哈！……"

"哈哈！……威迫利诱，恩威并用，真是好法子！"

我们一群孩子就都随着那个狡猾的猴戏老人一起笑着散了。

过了一日，早上第一课是经学，一位道貌岸然的老先生讲授《孟子》，他在黑板上写着：……富贵不能淫，贫贱不能移，威武不能屈，此之谓大丈夫。

老先生说道：

"一个人，堂堂的一个人，大丈夫——他是不受威迫的，打不怕，杀不怕，威武于他是没有用的，同时又是不受利诱的，饿不怕，穷不怕，富贵于他是没有用处的。"

老先生说到这里，停了一下，他昂着头，硬着脖子，更高扬着声音说道：

"人之所以异于禽兽者几希，人兽之别就在这里。要是每个人或者大多数人都觉得自己是一个人，要堂堂地做一个人，独夫民贼就无法利用威迫利诱的手段、统治的权术，把人民不当人了！眼前大清帝国之所以亡，中华民国之所以兴，不就是这样吗？"

我们一群孩子听了这些话，不觉毛发悚然，下课以后，大家都在窃笑那个狡猾的猴戏老人为独夫民贼呢！

郭　风（1917—2010），原名郭嘉桂。祖籍福建莆田。散文家、儿童文学家。1936年毕业于莆田师范学校。1944年毕业于福建师范大学中文系。其散文、散文诗和儿童文学作品已结集出版50多部，包括童话诗集《木偶戏》《火柴盒的火车》，童话散文集《鲜花的早晨》《蒲公英和虹》《早晨的钟声》《蒲公英的小屋》《月亮的船》，散文集《小小的履印》《搭船的鸟》，散文诗集《叶笛集》《笙歌》《灯火集》《小郭在林中写生》《会飞的种子》，诗集《轮船》，等等。

耍　猴

郭　风

我从友人家里出来。我的友人送我到门口的时候，我听到一阵锣声。

这是旧年的岁首。这锣声使我感到古老的、苦难的国土里节日的抒情的意味。在这样的日子里，这锣声听来亲切，又甚凄凉。

起始，我想那可能在迎神……

我和友人走到他家门口前面时，不觉都站住了。在前面不远的一块小空场上，有许多脸上堆着稚气的欢笑、怀着期望的心情的孩子站在那里。我立刻看到一个敲着锣、牵着猴子的卖艺者；除了他，另外还有二位艺人，一个挑着卖艺的木箱，一个举着一把修长的、上端有特制坐垫的竹竿。再另外是一只项上系铃的小狗。

　　我在幼年的时候，在家乡也看过耍猴戏的。他们也是这样的装束，他们是北方来的农民。

　　猴子穿着一身红色的背心，我还记得的。

　　现在，我又能够看见他们，心中突然感到有一种说不出来的乐趣。

　　很多的小孩，纷纷地围住他们，我回头看了一下我的友人，刚好他也笑着和我相视。"如果他们能在这里演一场猴戏多好！"我们的心中好像都有这种意愿。

　　"耍一下，两万元！"

　　我正想着怎样和他们商议在这里耍场猴戏时，我的友人已经向他们一下商好价钱。"两万元，很便宜！"我听见身边友人说，我也是这样地想。

　　他们已经把木箱里面的戏帽取出来，挂在架上。

　　"请你们等一等，等我来了，便开始！"

　　我的友人，吩咐他们一声后，便急急转身走了。我知道，他是到邻居家里，去叫她的小女孩来看演出的。

　　这时，我站到我友人门前的石阶上面较高处，这个位置可以看得较清楚。我说不清楚，在这样的日子里，我怎的会对这民间的耍猴戏，像儿时一样感到喜爱呢？

　　这时，我认真地看着那猴子。我感到它很瘦，很小，棕色的毛，没有光泽。这时，我感到它做戏用的红色背心已经很旧。不知怎的，我心中竟对它生起一种同情心来。在这即将演出前的片刻，它竟利用起来休息，我看见它闭起眼睛来养神；它的上身倚在木箱的盖上，闭了一会眼睛又张开来。

那条狗的毛是黑色的，较有光泽。它这会蹲在木箱旁边，它也想沉默。

过一小会，我的友人领了他的小孩回来了。这时，我看见那个艺人把锣重新敲起来，旁边一位艺人替猴子戴了一顶老人的草帽；猴子自己把箱打开来，取出一顶假面具戴上，于是跳到场子的当中。

它按照锣声的节奏，在那里绕了几个圆圈。那个导演的艺人，口中唱着滑稽的戏白，于是猴子翻了几个筋斗。这些都是很有技巧的，翻得很是熟练，很是滑稽，使周围的人都笑起来。

那条小狗所表演的是跳圈，也很有技巧，它表演得也很认真。可当它要开始表演的时候，我看见它被用鞭子打了一下。

我早已看出卖艺人是很爱他们的猴子，也很爱那条小狗的。但是，他们在让它们在众人面前表演之先，不能不向它们提醒和警告，以免出丑。我想，对于那条小狗，用鞭子打了它一下，是出于不得已的。

现在，我不再能够以单纯的娱乐之情来看这场表演了。我开始想到他们的生活，想到两只小动物，与远远地到南方卖艺的游子之间的关系。

这之间，那只猴子还表演了若干出色的戏。不过，我不大能够看得入心了。

我看见最末一场，是那只猴子被打扮为一个挑水的小姑。这完全是民间的装束。它打扮为乡间挑水的小姑，背后有簪花的小发辫。

　　　　慢慢地，到河边去吸水啦，

　　　　慢慢地挑啦，

　　　　太阳升起来啦……

　　那个艺人导演似乎按着剧情，口中唱着凄切的歌。它使我感到我国乡村民妇一生坎坷的命运。

　　以后，还有猴子上竿的表演，这是小孩子们最为喜欢的。只是再下去，便要收场了。那个艺人用锣子向我的友人讨取"采金"。

　　"还有猴马，没有表演……"

　　这时，我听见众人中有人提醒道。

　　这是一位女人。她的提醒，使我忆起幼年时所看到的，的确还有猴子骑绵羊在场子里打转的表演，虽然到如今还不知道，这中间表演的是什么民间故事，但是最精彩的一场表演……

　　我还记得，那绵羊是洁白的、驯善的、美丽的。

　　"没有带来绵羊，那买不起，那太贵……对不起！"

　　那个敲锣的汉子苦笑地回答。他把"采金"收下。

　　我也向我的友人告辞了。我开始想到，现在是什么样的日子呵。什么都降低了；我想，猴子中没有绵羊了，在各个方面，包括民族文化生活中许多好东西，都在令人痛心地被破坏和在消失……

但这情况，人民是不允许继续下去的。

1948 年 2 月 10 日，福州

方　敬（1914—1996），诗人、散文家、文学翻译家。20世纪30年代初考入北京大学外语系，毕业后到四川罗江中学任教。曾与何其芳、卞之琳合编《工作》半月刊。1943年至1944年在桂林主办工作社，出版《工作》文学丛书。1944年到贵阳，任贵州大学讲师、副教授，其间曾主编《大刚报》文艺副刊《阵地》，并与潘家洵、吕荧、祖文等编《时代周报》。1947年到重庆，任国立女子师范学院、重庆大学教授，相辉学院外语系主任。后一直在西南师范大学（现西南大学）工作。先后出版有诗集、散文集及译著等。其代表作品有《高楼赋》《祝愿赋》等。

羊

方　敬

　　谁都觉得羊是可爱的。它在青青的草地上放牧，一身白茸茸细软的毛，尖下巴上长着一撮胡须，头两旁一双翘翘的小角，欢跃着或者蹲着，有时咧开嘴咩咩地叫……好一个天真无邪的生命。

　　羊使人想到纯洁。

　　它更使人想到古代冰雪的胡地里那像波浪似的起伏着的大群羊，那灵魂像冰雪一样洁白、守节十九年如一日的老牧羊人。是的，提起或者看见羊，就会想到他，他坚贞的意志，他的一片丹心。他被羁在北海边的穷愁寂苦显托出他人格的磊落，值得古今歌颂。我小孩时候唱着当时流行的赞美他的歌曲，我心里就对他怀着深深的礼敬。那些羊把他的身世装点得更加悲壮、烁亮，而与他一同不朽了。因而羊也就能使我们想起崇高的东西。

在《圣经》上羊是替人赎罪的呵！

每天清晨，当我看见那贪吝的邻妇把羊头抵在墙上吸血似的挤着奶的时候，我就想起了我们现代有句名言："我吃的是草，挤的是奶。"

我家乡流行着一句俗话："羊毛出在羊身上。"我虽然没有看见过剪羊毛，但是羊自古以来总是被牺牲的。

羊是温和、柔顺而驯良的，然而，你瞧，"它也会有翘起角来的日子哩"。

刘以鬯（1918—　），新闻人、作家。1941 年毕业于上海圣约翰大学，同年到重庆，主编《国民公报》和《扫荡报》副刊。1945 年回上海，任《和平日报》总编辑，后创办怀正文化社。1948 年到香港，先后任《香港时报》《星岛周报》《西点》等报纸和杂志的编辑、主编。曾任新加坡《益世报》主笔兼副刊编辑、吉隆坡《联邦日报》总编辑，并曾主编《香港时报·浅水湾》《星岛日报·大会堂》等。他一直致力于严肃文学的创作，主张文学创作要有试验和实践。《刘以鬯中篇小说选》和《对倒》分别获第四届和第六届香港中文文学双年奖小说组推荐奖。

羊群与疲惫的牧羊人

刘以鬯

靠着高大的熊爪樟，疲惫的牧羊人还熟睡在野草堆里。

日暮了，逗在他鼻尖上的黑蝴蝶，接着翩翩远去。玻璃绿的天幔，帆船般地行着一朵朵黄橙色的云块，那里，几对幼小的白头鸟，在作归巢的翱翔。晚风吹起，送着一阵阵木莓草和野蔷薇的奇异的清香。山罅间，赤杨树的荫处，已不见了采蕈的少年樵子。

羊群，在山野里嬉戏着……一簇簇，一团团，有如高处滚下来落在原野上的雪球——公羊将胡须浸在潺潺的溪流里；母羊咩咩地愣着落日瞎叫，或用头角耍滚老栗树的果实，或任意啮嚼，或躺，或站，或踱，或奔……

谷风猎猎，像哨子……扫起坡上的残叶。

山道上，风尘飘扬……老驴破车，颠簸着驰骋来，载着粮食、衣装、金器和银器，从烽火中的城镇逃到远方乡村去。驾驭者满头是汗，抽着嘹亮的响鞭。车子碰了路旁的陡石，折了山边的荆草，还疯狂奔腾。纵然如此，也不能稍减乘客的焦躁。乘客绷着脸，挥舞手帕，厉声吆喝——"天黑啦！天黑啦！"还重重地顿了脚……窗外，白日最后的余晖正由车顶移去，在不知不觉间落入峥嵘的山背，将金色的光芒从山槽间投在对山的尖峦上，恰像一片鲜而艳的红花……傍晚的天气，静静地，吹过山地……西天，青月忽现，山地涂上灰黛的颜色。瘦驴子流着白沫，将车辆带入林子……

遗下赶驴人微弱的吆喝声，回绕在乌杂的丛莽里……

山羊们知道天色不早，从各处集拢来，按照一向的规矩，无须疲惫的牧羊人费力。它们照例仰着头，任凭山风吹着它们的胡髭……照例等那牧羊人醒来后吹起麦秆编的口笛，跳着，蹦着，领着它们归栏。

然而，月亮高了，他为什么还酣睡不醒？

咩咩咩……

它们催促着。

苍穹中，黛螺色的月显得孤寂。老鹰倏然由擎天柏飞起，在山谷的上空，不住地打圈子……山羊们从山坡上，山坡下，小溪边，灌木丛里，岩穴里……像几条汇入大海的河流一样，拥挤地麇集成群。

咩咩咩……

它们催促着。

它们用微小的眼睛望着贪睡的牧羊人。母羊们踌蹰，小羊们忐忑地靠了母亲的腿，显然不习惯于这夜晚的山野气氛。它们在呼叫，呼叫着那不理睬它们的母羊；公羊弯曲前腿，翘着屁股，或不停打圈子，或冷不防地叫几声，甚至呆站着不动，呈着一种诧异的、莫名其妙的姿态。……风，有点紧了，吹着尖锐的哨子，一阵子……不知名的树叶；饿狼的怒嗥，猫头鹰的夜啼……

咩……咩……

荒山坳里，迷了途的小羊在凄厉地喊。

夜色朦胧……

羊群围着那个过分疲倦的牧羊人，静了下来。

高处，青色的山泉，嘶——嘶……疾急地喷出来，沿着崖壁，仿佛荒林里的鬼叫似的，流下，流下……

崖上枯枝纷纷掉落……

高大的黄棟树背后倏然出现一只觅食的黑狼。它东张张，西望望的，一见那群棉絮样的山羊，立即竖起猪鬃的毛，犹似疯狗，张牙舞爪，迎空跃起，几次企图踪下悬崖。可是总趑趄着。羊群怯怯地躲避，顿时紊乱起来……"呼噜噜……"黑狼终于由几十丈的巉崖扑下，却触死在大枞树的丫枝上。

黑沉沉的……静谧恐怖的夜。

羊群觳觫地躺在草地上。

远处，烟蒙蒙的山畈上，蓦然吐了青色的火焰，荒野的火，晃两下，像一盏樵家的煤油灯，在松枝上，舔着，舔着……小羊陡地跳了起来，慌张地兜一阵，偶然碰见一头花斑鹿，便喘着气奔向丛生树木的地方。

接着，溪——克辣的一声，狼的尸体忽然连丫枝一并摔了下来，吓着山羊们本能地跳了开去，骨碌碌地溜着受惊的眼。

咩……

荒山里的小羊，又传出凄怆的呼唤。

草地上，母羊温慈地应着，焦躁起来，跺着蹄。公羊摆摆屁股，畏缩地彳亍过来，抖动耳朵，将一只前腿无可奈何地划了几划，想给那个贪睡的牧羊人一点惊动，却没有成功。那牧羊人兀自闭着眼，抿着嘴，僵硬的胸脯连起伏的动作也没有。远处，山坳里的小羊仍在呼唤。烦闷的母羊立即用力应了一声，离开羊群，向渺茫的林薮奔去……

公羊依旧怨懑地低着头，再度畏缩地挨近那牧羊人，用蹄轻轻一拨，仍不见动静。然后，在那人身旁绕了一回，温和地伸出舌尖，企图舔醒这懒惰的家伙……

因为嗅到一股血腥气，它又跳了回来。

公羊的胡髭有血！

群羊骚扰不安，陡地散开，唤嚷着，跷踏着，像见了屠夫手中的利刀一样……

西天突然出现一林乌云，将月亮逐渐遮蔽……风，粗暴地吹着，带有远方草原上的湿味，山林震撼了……蛇从杂乱的野草丛里窜出来，蜿蜒着，好像在等待就降的雨，豺狼在发性子；崖鹭则在翱翔，飘下一二片长条的尾羽……

夜，阴森的，清冷的。

岗头上，浅红色的薯草哗啦啦地摇曳着。一阵乱石忽然像击鼓似的滚将下来；吓得羊群们到处乱窜，有的竟跃进山泉冲成的深坑去了，凄紧地叫着……

山罅间，响起了尖锐可怖的风哨子，蝙蝠跟着噗噗飞起……

——喔啰啰，山道上，忽然传来人的呵喝。

一队矮胖如番薯、穿着黄色制服的士兵。脸通红，皮靴奇重，露着毛茸茸的、苗壮的臂膊，在幽暗中蠕动着，由岩石背后，偷偷走出。他们搁着枪杆子，脖颈挂了粗麻绳，擎起细长的竹竿，呵喝而来。

——喔啰啰——

他们只顾赶着羊群，并不理会那熟睡的牧羊人。

羊群一见陌生人，惶遽后退。那些士兵用竹竿乱击时，羊群越挤越紧，哀哀地叫起来。没有理性的士兵用绳索紧紧地系住它们，想从羊群中牵出几头，作为威胁。士兵们流着豆大汗珠，羊群用蹄子抵住泥地，可能地示了抗拒……然后，士兵将一头羔羊像囚犯般拉出，施以鞭挞，将羔羊打得气都喘不回，才引来一只瘦瘦的母羊，其余的，依旧挤紧着，执拗地挤在一起。一个士兵用刺刀刺了那羔羊……纵然如此，丝毫没有效果，甚至连母羊也守着那尸体不动了。

最后，他们放了一排枪。

啪啪啪啪……

羊群跳了起来，乱嘈嘈地互相践踏，碰撞，怒叫，奔跑……原始的山地起了恐怖的震撼，好像忽然发生地震了。群兽咆哮……夜风则一阵紧似一阵，扫到东，扫到西，仿佛海洋里的巨浪狂涛似的……林中，嗖——嗖，群鸟急急齐飞，飞向天空。

天空有闪电，响雷震耳，大雨遂即倾盆而下……

羊群疯狂地奔腾着！

咩——咩——

山坳里的小羊还在无力地叫着。

靠着高大的熊爪樟，疲惫的牧羊人依旧熟睡在野草堆里，一头母羊与三头公羊执拗地躺在他四周，横蛮的兵用枪上的刺刀在赶它们……

吴伯箫（1906—1982），著名文学家和教育家。原名熙成，笔名山屋、山荪。1920年考入曲阜师范学校，1924年毕业。1938年赴延安，后到晋东南前方工作。历任东北大学社会科学院副院长，东北师范大学副教务长兼文学院长，中华全国文化工作者协会全国委员会理事、秘书长，东北教育学院副院长，人民出版社副社长兼总编辑，中国文联委员，中国社会科学院文学研究所副所长等职务。其作品主要收集在《羽书》《黑红点》《北极星》《忘年》《吴伯箫散文集》中。

马

吴伯箫

马是天池之龙种，那自是一种灵物。

——庾信《春赋》

也许是缘分，从孩提时候我就喜欢了马。三四岁，话怕才咿呀会说，亦复刚刚记事，朦胧想着，仿佛家门前，老槐树荫下，站满了大圈人，说不定是送四姑走呢。老长工张五从东院牵出马来，鞍鞯都已齐备，右手是长鞭，先就笑着嚷：跟姑姑去吧？说着一手揽上了鞍去，我就高兴着扭怩学唱：骑白马，吭铃吭铃到娘家……大家都笑了。准是父亲，我是喜欢父亲而却更怕父亲的，说：下来吧——小小的就这样皮。一团高兴全飞了。下不及，躲在了祖母跟前。

人，说着就会慢慢儿大的。坡里移来的小桃树，在菜园里都长满了一握。姐姐出阁了呢。那远远的山庄里，土财主。每次搬回来住娘家，母亲和我们弟弟，总是于夕阳的辉照中，在庄头眺望的。远远地听见了銮铃声响，隔着疏疏的杨柳，隐约望见了在马上招手的客人，母亲总禁不住先喜欢得落泪。我们也快活得像几只鸟，叫着跑着迎上去。问着好，从伙计的手中接过马辔来，姐姐总说："又长高了。"车门口，也是彼此问着好；客人尽管是一边笑着，偷回首却是满手帕的泪。

家乡的日子是有趣的。大年初三四，人正闲，衣裳正新，春联的颜色与小孩的兴致正浓。村里有马的人家，都相将牵出了马来，雪掩春田，正好驰骤竞赛呢。总也有三五匹吧，骑师是各自当家的。我们的，例由比我大不了几岁的叔父负责；叔父骑腻了，就是我的事。观众不少啊：各村的祖伯叔，兄弟行辈，年老的太太，较小的邻舍侄妹，一凑就是近百的数目。崭新的年衣，咳笑的乱语，是同了那头上亮着的一碧晴空比着光彩的。骑马的人自然更是鼓舞有加喽。一鞭扬起，真像霹雳弦惊，飕飕的那耳边风丝，恰应着一个满心的矜持与欢快。驰骋往返，非到了马放大汗不止。毕剥的鞭炮声中，马打着响鼻，像是凯旋，人散了。那是一幅春郊试马图。

那样直到上元，总是有马骑的。亲戚家人来人往，驴骡而外，代步的就是马。那些日子，家里最热闹，年轻人也正蓬勃有生气。姑表堆里不是常常少不了戏谑吗？春酒筵后，不下象棋的，就出门溜几趟马。

孟春雨霁，滑汰的道上，骑了马看卷去的凉云，麦苗承着残滴，草木吐着新翠，那一脉清鲜的泥土气息，直会沁人心脾，残虹拂马鞍，景致也是宜人的。

端阳，正是初夏，天气多少热了起来。穿了单衣，戴着箬笠，骑马去看戚友。在途中，偶尔河边停步，攀着柳条，乘乘凉，顺便也数数清流的游鱼，听三两渔父，应着活浪活浪的水声，哼着小调儿，这境界一品尚书是不换的。不然，远道归来，恰当日衔半山，残照红于榴花，骑马过三家村边，酒旗飘处，斜睨着"闻香下马"那么几个斗方大字，你不馋得口流涎吗？才怪！鞭子垂在身边，摇摆着，狗咬也不怕。"小姐！吃饭啦，还不给我回家！"你瞧，已是吃大家饭的黄昏时分了呢。把缰绳一提，我也赶我的路。到家掌灯了，最喜那满天星斗。

真是家乡的日子是有趣的。

当学生了。去家五里遥的城里。七天一回家，每次总要过过马瘾的。东领，西洼，河埃，丛林，踪迹殆遍殆遍。不是午饭都忘了吃吗？直到父亲呵叱了，才想起肚子饿来。反正父亲也是喜欢骑马的，呵叱那只是一种担心。啊，生着气的那慈爱喜悦的心啊！

祖父也爱马，除了像《三国志》那样几部老书。春天是好骑了马到十里外的龙潭看梨花的。秋来也喜去看矿山的枫叶。马夫，被人争也无益，我是抓定了官差。本来吗，祖孙两人，缓辔蹒跚于羊肠小道，或浴着朝暾，或披着晚霞，闲谈着，也同乡里交换问寒问暖的亲热的说话；右边一只鸟飞了，左边一只公鸡喔喔在叫，在纯朴自然的田野中，我们是陶醉着的。
Oldman is the twice of Child。我们也志同道合。

最记得一个冬天，满坡白雪，没有风，老人家忽而要骑马
出去了，他就穿了一袭皮袍，暖暖的，系一条深紫的腰带，同
银白的胡须对比地也戴了一顶绛紫色的风帽，宽大几乎当得斗
篷。马是棕色的那一匹吧，跟班仍旧是我。出发了呢。那情景
永远忘不了，虽没有去做韵事，寻梅花；当我们到岭巅头，系
马长松，去俯瞰村舍里的缕缕炊烟，领略那直到天边的皓洁与
荒旷的时候，却是一个奇迹。

说呢，孩子时候的梦比就风雨里的花朵，是一招就落的。
转眼，没想竟是大人了。家乡既变得那样苍老，人事又总坎坷
纷乱，闲暇少，时地复多乖离，跃马长堤的事就稀疏寥落了。
可是我还是喜欢马呢：不管它是银鬃，不管它是赤兔，也不管
它是泥肥骏瘦，蹄轻鬣长，我都喜欢。我喜欢刘玄德的马过潭
溪的故事，我也喜欢泥马渡康王的传说，即便荒诞不经吧，却
都是那样神秘超逸，令人深深向往。

徐庶走马荐诸葛，在这句话里，我看见了大野中那位热肠
的而又洒脱风雅的名士。骑马倚长桥，满楼红袖招，你看那于
绿草垂杨临风仵立的金陵年少，丰采又够多么英俊翩翩呢。固
然敝车羸马，颠顿于古道西风中，也会带给人一种寂寞怅惘之
感的，但是，这种寂寞怅惘，不是也正可于或种情景下令人留
恋的吗？——前路茫茫，往哪里去？当你徘徊踟蹰时就姑且信
托一匹龙钟的老马，跟了它一东二冬地走吧。听说它是认识路

的。譬如那回忆中幸福的路。

你不信吗？"非敢后也，马不进也。"那个落落大方说着这样话的家伙，要在跟前的话，我不去给他执鞭随镫才怪哪。还有那冯异将军的马，看着别人擎擎着一点点劳碌就都去腆颜献功，而自己的主人却踢开了丰功伟烈，兀自巍然堂堂地站在了大树根下，仿佛只是吹吹风的那种神情的时候，不该照准了那群不要脸的东西去乱踢一阵，而也跑到旁边去骄傲地跳跃长啸吗？那应当是很痛快的事情。

十万火急的羽文，古时候有驿马飞递；探马报道，寥寥四个字里，活活绘出了一片马蹄声中那营帐里的忙乱与紧急。百万军中，出生入死，不也是凭了征马战马才能斩将搴旗的吗？飞将在时，阴山以里就没有胡儿了。

落日照大旗，马鸣风萧萧。

唅，怎么这样壮呢！胆小的人不要哆嗦啊，你看，那风驰电掣地闪了过去又风驰电掣地闪了过来的，就是马。那就是我所喜欢的马。——弟弟来信说："家里才买了一匹年轻的马，挺快的。……"真是，说句儿女情肠的话，我有点儿想家。

　　　　　　　　　　　　　　　二十三年正月，青岛

鲁　彦（1901—1944），原名王衡臣，又名王衡、王鲁彦、返我。现代小说家、翻译家。1920 年自上海到北京大学旁听。1923 年到湖南长沙平民大学、周南女学和第一师范任教。后又回北大，任爱罗先珂的世界语助教。1927 年任湖北武汉《民国日报》副刊编辑。1928 年任南京国民政府国际宣传部世界语翻译。1930 年至福建厦门任《民钟日报》副刊编辑。此后辗转在福建、上海、陕西等地中学任教。其著作主要有《柚子》《黄金》《野火》等，译作有《显克微支小说集》等。

驴子和骡子

鲁　彦

一

十一二年不曾骑驴子了，一到了驴子最多的西北，便想像从前似的常常骑着驴子去散闷。但为了没有从前那样的目的地，没有从前那样的朋友，我终于不曾下决心去骑驴子。

"不敢骑，不敢骑!"西北的一个朋友常常这样说着阻止我，当我扶着他的驴子的鞍子，想跳上的时候。

他阻止我骑驴子，有两种意思：第一是我是一个南方人，不会骑驴子，骑了上去会摔下来；第二是驴子是下层阶级的人骑的，像我这样的人，出门应该在骡车里。

我懂得这是他的好意，虽然我不相信这些。但是他的阻止使我感觉到了悲哀，我也终于只抚了一会鞍子，慢慢走开了。

　　然而我不能忘记他的驴子。

　　那是一匹年青的黑驴。高大雄健,有着骡子的风采。黑色的长毛发着洁泽的光,像一匹高贵的马。两只长耳朵上扎着红绳的结,像一个天真活泼的小孩。那样可爱的驴子在西北很不容易见到,就连西北人见了,也都是不息地称赞的。

　　它的主人到我住的地方来,每次骑着这匹驴子。每次见到这驴子,我总是想骑了上去。

　　"不敢骑! 不敢骑!"

　　我悲哀地走开了。

　　然而我不能忘记这黑驴。它的主人阻止我的次数愈多,我想骑它的心愈切了。

　　有一天,趁着它的主人去看另外的一个朋友,我终于到园子里,解了它拴着的绳子。

　　"就骑着它在这园子里走一回吧!"

　　我这样想着,非常高兴地跷起左脚去踩那镫子。

　　突然它提起左边的一只蹄子,向我踢了过来。要不是我闪得快,它的蹄子正着在我的小肚上。

　　"唔!"我吃惊地叫着,想不到它会反抗。

　　"嘘……"仿佛它觉得我骂了,它便发出这样的拖长的声音来恐吓我似的,张着嘴,磨一磨牙齿,偏着头,向我冲了过来。

　　"呵呀!"我叫着,闪开一边,连跑了几步,立刻放松绳子,只握着绳端,往身边的一株小槐树旁连跑了几个圈子,又把它拴住了。

"一匹刁驴！怪不得我的朋友不让我骑！"我心里想，但仍想骑上去。

它不安地踏了一阵蹄子，像防御我骑上去似的。随后看见我静静地站着，它也就静止了下来，用它的一只眼睛注意着我。

我偏着身子，从它的眼边慢慢地来去踱了一阵，并不想再骑上去的样子。突然间，攀住坐鞍踏上了左镫，待它横过后身来，举起左蹄向我踢来的时候，我已经趁势跃在它的鞍上了。

它像愤怒了似的，紧忙地踏着蹄子，跳跃着后蹄，想把我掀下。

"不成呵！不成呵！"我喃喃地说着，紧紧地扳着鞍子。

它像懂得我的话，知道非屈服不可，不再动了。解了拴，它便走了起来。

但它并不依着我的指挥。我要它在园子里兜绕一转，它却只想往外面走。我勒着缰，怎样也不能阻止它所走的方向。

"也好！就到城外去！"我松了缰，扬着鞭子。

它立刻竖起耳朵，轻快地得得得得地走出大门，循着大路走了。转弯抹角，它全知道，用不着我扯拉缰绳。

我觉得非常快活，仿佛我骑的并不是驴子，而是鹤，飘飘然自由自在，在半空中飞着一样。过去的影子，山和水的姿态，城市与朋友的面容，全在我眼下现了出来，一阵阵掠了过去。

"喂！喂！站住！"我想喊了出来，对着这一切的影子。

黑驴突然停住了，它像听到了我的心里的话。

"喂！喂！怎么啦！怎么啦！"对面的人惊愕地喊着，拉住了我的黑驴。

那是一个卖馒头的贩子，在路边做买卖。我的黑驴知道他那用布盖着的篮子里有可口的食物，停了停，伸着头，想去尝味了。

"对不住，对不住。"我歉然地说着，紧紧勒着缰。

但是它不肯动，偏着头，只想走近那篮子。卖馒头的帮着我拉扯，它仍挣扎着。

"不会骑！南方人！"有几个人笑着说了。

"给你拉一程吧！先生！"一个和善的本地人说着，走过来拉住了缰，"冲翻了人家的摊子，不是玩的哩！"

"劳驾！劳驾！"我感激地说，点一点头。

他接了我的鞭子，幌下一幌，用力一拉，黑驴立刻走了。

"到哪里去呀，先生？"

"城外。"

"回去吧，你不会骑！这匹驴子不是你骑的哩！"

"不要紧！出了城就没事啦！"我回答着。

他不相信地笑了一笑，把我的驴子拉过大街，走了。

我不相信我不会骑驴子。十一二年前，我是常骑的。刚才的事，是我不留心，并非是我骑驴子的本领差。我本来只想在园子里兜几个圈子，现在却非到城外去不可了。

我的驴子是好骑的。它已经很快地把我驮出东门，在车路上走着。脚步是迅快的。但我还要它快。我举起鞭子，在它的项颈上击了几下。

"得尔……"我叫着。

它跑了，细步地唬唬地喷着气，开合着阔嘴，吞吐着舌头，扫摇着尾巴。我一手拿着鞭子，一手拉着缰，挺直了腰，完全像一个老骑驴子的人。

然而这至多像骑骡子，我现在必须像骑马的一样才痛快呢。

"得尔……得尔……得尔……"我接连地叫着，用镫子踢着它的肚子，前一鞭后一鞭地打了几下。

它跳跃着跑了，完全和马一样。我挺直了腰，挺直了腿，做出立的姿式，让屁股轻松地一上一下地落在鞍上。有时又让自己的身子微微往后倾仰着。

我又年青了。骑着驴子这样跳跃着跑，只有从前在徐州是这样的。现在只少了那些朋友。然而也很满意了。前面村庄边不也来了三个骑驴子的青年吗？

我收了鞭子，松了缰，黑驴便缓了下来，恢复了最先的步伐。

对面的坐骑愈走愈近了。我的黑驴竖着耳朵，在倾听着它们的脚步声似的，迎了过去。

"唉……"它忽然拖长着声音，叹息似的叫了起来，饥渴地往迎面第一匹的灰驴头边伸过自己的颈项去。

"喂！喂！喂！拉开！拉开！"那匹灰驴的主人着了急，叫着，一面勒转了灰驴的头。

黑驴偏着头，横过身子去，呼呼喘着气，噪急地张着嘴，要去咬灰驴的身体。

我慌了。原来直到现在，我才知道我的黑驴是一匹叫驴，不是母的，现在遇到了异性，它的欲求爆发了。这真不是好玩的，它的主人不让我骑它，这应该是一个最大的原因。

它决不依从我的意志。我拼命地把它的头从右边拉过来，它拼命地想从左边转过头去；我拼命地把它从左边拉过来，它又想从右边转过去了。它横着身子，偏着身子，踏着脚，只想走近那匹灰驴。皮缰刺刺响着，仿佛快给它挣扎断、给它咬断了一样。它甚至跳跃着后脚，想把我掀下来。我鞭着，踢着，骂着，它只在那里转着圆圈。

"不能放松！不要放松！让我们过去！"

待他们的坐骑的蹄声远了，黑驴才渐渐平静下来，开始不快活地滞缓地向村庄那边走了去。

大路只在那村庄外经过，并不通过那村庄，但是黑驴却要走进村庄去。经过许久的挣扎，我又只好让了步，随它走去。

它熟识那里的路，知道那里有饲驴的槽和水桶，一直走到那些东西前面就停了步。但那里没有人。我相信它也并不饿。我不能在这里饲它。我鞭着叫它走。它只是站着，望着那空槽和空桶，和刚才一样，我把它的头拉过来，它又回过头去，打着转身。

和它相持了一会，我只得跳下来，用力地拖着它走。但这也不是容易的事，出了一身汗，我才把它拉到村庄外的大路上。

"够啦！够啦！"我喃喃地说着，决定回到城里去。

它又不肯依从我。这条路是到它主人家里去的路，它要回到那边去。我骑上了又跳下来，拉着鞭着许久它才屈服，非常不高兴似的，懒洋洋地用着沉重的脚步走了起来，和骆驼一样。

我疲乏了。我需要休息。但这样滞缓的步伐使我更加疲乏，我鞭着，踢着，叫着，它只是原样地走着，不肯加快它的脚步。

"可恶的畜生！"我一面骂着，一面鞭着，踢着。

它索性不动了，低着头，像失去了知觉，四脚钉着地，完全和一块石头一样。

"这可恶的畜生！现在变了样，装起死来啦！这是什么意思呀！"我非常愤怒地说，仍用力地鞭着，踢着。

它并不挣扎。它不怕痛。为了什么呢？我知道它不愿意驮着我走了。

"畜生！"我喃喃地骂着，只好又跳了下来。

果然它下了负担，立刻走了。

"唉！唉！"我窘得叹着气，走了一里路光景，才又骑了上去。

它仍不愿意驮着我走，脚步又慢了下来，全不理我鞭着，踢着。

不但如此，它现在又来了一种怕的花样了。

它走着走着，忽然出我不意，曲下前腿，做出跌跤的姿式，跪倒地上，把我从它的头上掀下来，翻了一个筋斗。同时，它又立刻站了起来，几乎踏着我的面孔，倘若我不迅速地连爬带跳地闪开去。

"嗳！嗳！"是我的朋友，黑驴的主人的声音。

他骑着一匹骡子，从小路追了来。刚走上我附近的一条沟，便看见我给黑驴摔下在地上。

"还不是不会骑！"他下了骡子，扶起我说，"早就对你说过不好骑，你偏不信我的话！现在怎么啦？"

我拍去身上的灰土，摸着疼痛的头颈，足足地站了许久，说不出话来。

我现在才明白，这畜生有着和人一样的生的欲求，甚至还有比人更聪明、更强烈的挣扎与反抗的勇气。

二

我不知道我到了哪里。

天上没有太阳，辨别不出东南西北。我的头上满是灰白的云。地上没有山水草木，没有村落，也没有其他的行人和车辆。展开在我眼前的，只是一片荒凉无际的灰白的大地，我无从知道我走了多少路程，因为这路程对我是生疏的，而一路又没有可以做标识的东西。我又无从计算时间，因为我的手表早已停止了。

这样的旅途，要是在别一个时候，一定使我起了苦寂之感。但因为我是一个聪明的人，我现在有了诗人的别一种感觉。我觉得我现在仿佛在别一个世界旅行着，是在地球以外的一个地上或天上旅行着。迎面扑来的空气没有煤烟的气息，像是半空中的大气。骡子脚蹄下扬起来的尘土犹如空中的云。我的车轮就在云端辗动，轻柔而且静肃。

　　我不知道我到了哪里，也忘记了我去的方向和目的。我不需要知道这些，记得这些。我已经占有了整个的空间和时间。

　　"我是这个世界的主人！"我自言自语地说。

　　坐在车杠上的车夫听见了我说话的声音，忽然回过头来望了我一下，以为我在催促他赶路，立刻挥动鞭子，接连地鞭着骡子，叫了起来：

　　"得尔……得尔……得尔……"

　　骡子被迫着向前疾驰了，得得得得，细步地。前蹄才落地，后蹄就跃开地面，前部的身子还没有松下车轭的重量，后部的身子已挺了起来承受着车杠。车杠是硬木做的，厚而且长，后面连着两个和它身子一样高的砌着铁片的笨重的大轮子。坐在车篷内的是我和朋友，车篷外坐着车夫，搁在车内和车外的是两只大箱子，一个背包，一个呆笨的网篮。车篷外左右侧又悬着两捆沉重的毡子。这一切，七八百斤的重载，都交给了一个骡子，要它拖着走。

　　它从黎明起，还不曾有过好好的休息。我们和车夫都已经吃过一次干粮，它还只喝过一次水。虽然无从计算时间，推想起来也该过了中午，它应该很饿了。

　　然而它不能停止它的蹄子，而且还须跳跃着跑。它的眼前幌着鞭子，耳边响着叱咤的声音，它的脚步稍一迟缓，鞭子就落在它的身上了。它疲乏、饥饿，它仍不能不喘着气，拖着重负跑着。它的生命不属于它自己，那是它主人的。

　　对着这可怜的轭下的骡子，我禁不住埋怨自己起来。我觉得倘若我没有这旅行，也许它今天可以得到休息；倘若我多出一点钱，把行李另外装一个车子，至少可以减少它的一些负担的。然而现在已经来不及了。

为什么我有这旅行呢？我到哪里去呢？我现在记起了我的旅行的动因和目的了。

我原来是为的生活。我的肩上套着一个轭，这轭紧系着两条车杠，后面车篷内外有这沉重的负载。我拖着这重负走入了荒凉的旅途。

我愿意卸脱这重负，我需要休息，我渴望着明媚的山水，愿意休息在那里。

然而生活拿着鞭子在我的眼前幌着，在我的耳边叱咤着。我不能迟缓我的脚步。

这是一种辛苦的生活，但因为我是一个聪明的人，我有着诗人一般的感觉。我感觉到快活，觉得世界是属于我的。

"得尔……得尔……"车夫又扬起鞭子叫了。

骡子是畜生，它应该不会有我那样的感觉。

(《驴子和骡子》)

于毅夫（1903—1982），原名于成泽，笔名洪波、逸凡。少时读私塾。1918 年考入天津南开中学。1920 年考入同济大学预科。1922 年考入北京平民大学。1924 年转入燕京大学。爱好文学写作，曾参与创办《燕大周刊》，参加编辑《京报》副刊和组织绿波社等工作。1927 年毕业于燕京大学历史系。曾任民国大学图书馆主任、东北抗日救亡总会宣传部部长、新华社华中分社总编辑。

狼

于毅夫

从依安县启程回拜泉县那一日，天气是热的，幸而我们在黎明时动身，有五十里地没遭着太阳的酷晒，若不然，午刻时，我们便不能在一个茅店里休息了两点多钟。

这次乘坐的车，也是大轮的，那是拜泉县购办货物的一辆车，我们趁着这个机会，一文没费，倒也很便宜。

车夫是个诚实的乡下人。他的衣冠很简陋，紫黑的面孔，细长的眉毛，胶黄的牙齿，和那说话时的很老实的笑声，到现刻我还可以回想起来。他不常回头和我们说话的，他只是抬着头，拿着他的粗重的鞭子，监视着那三匹马的勤惰，若是一匹马不肯用力拉车时，他便举起鞭子来，毫不爱惜地打下去。同时也必听得他嘴里喊出一声"驾"来，或是极粗野地骂一句"他妈的！这匹马真可恨"。

我和吴沛霖君仍如来时那样在车上并卧着，不过仍然还是不能得着快感，因为车行非常迅速，车身的振动也异常剧烈，以至于我们不能在车上静卧一点钟。

过了双阳镇，旭日才高升起来，空中的野鸟也开始了它们的歌唱。农夫们都擎着锄头在田里工作。日光射到遍垂着露珠的谷子或是麦子的绿叶上，都起了异样的光明，这时四野中只听见疾徐不一的鸟啭，时隐时现的村里的鸡声和隆隆沉重的车响。

在一个很低的草泽里，前后都是高岗，大道无穷远地前去，我们正在谈论些故事来解闷，蓦地看见一条大狗，横着车道，走过去。

"谁家的狗在野地里走？"我自己说着。车夫审视了半晌，说："也许是狼吧？我没有留神。"

于是我同吴君的谈锋便转移到狼上。

"狼的智谋真广，它竟能狡猾得与人一个样。"吴君说。

"怎么见得呢？"我请他向下讲。

"在这野地里，狼吃活人的事，是常见的。有时人手里拿着器具，还被狼害死。"

"那不见得吧？"我说。

"这是极有道理的，你听着。——你知道黑龙江的狼，哪种最厉害？"

"我不知道。"我候着他告诉我。

"花脸狼顶厉害了？这种狼奸得很，它吃的方法也特别。"

"怎样特别？"

"若是一个人在路上走，花脸狼并不在前面截住他，它只是从草地里或是高粱地里，悄悄地走在人的身后，后腿立起来，前腿搭在人的肩头，待这个人回头时，它就一口咬伤了他的头部。"

"人多了，它自己单弱时，就要伏地大嗥，像《聊斋》所说的吗？"我问。

"是的，我告诉你：它怎样吃一个货郎——它常常地在货郎身前身后，傍着大道走。货郎起初若不留神，必定以为是谁家的狗。可是一发现它是狼时，决定要大惊起来，这时花脸狼却不着急。当货郎用扁担打它时，货郎的扁担落在这边，他就跳在那边，货郎的扁担落在那边，它就跳在这边，三打两打，货郎的扁担折了，货郎也就累得筋疲力尽，它才跳上前去，捺住了货郎的头颈，吃个痛快。"

"真残忍。"我说。

"不但货郎它可以害了，就是骑马的，它也可以害了。"吴君一面说着，一面看远处的一个雁群，那像雪白似的雁群。吴君又要射猎去，我拦住他，怕被狼害了。

"往下说！狼是怎样吃一个骑马的行人？"我拉住他的衣袖。

"它不但将骑马的人可以吃了，而且马也逃不出去。"吴君本已在车上跪起，这时重复坐下。

"是吗？"车夫也在那里听着。

"狼也真会想法子，它并不先吃人，因为人在马身上，是那么高。"吴君用手比量着，"它是先咬马的肚皮。马的肠子流出来，自然要倒下，这时人也会滚下来，害死人，再去拣肥的噬。"吴君斜倚在车箱上，望着车轮和马蹄扬起来的尘土。我仿佛已经看见狼吃人的那一片荒野。一个人是怎样地鞭打他的马，要逃出这危难之地；一个狼是怎样地凶横，追逐着在马肚皮底下，张开它的利齿，咬得皮肉鲜血淋漓。我又仿佛看见人在呻吟着，无力地抵抗一个毛烘烘的野兽；马是翻滚着，露出它的肠肺来，在那里苟延它的残息。呵！这种惨象，很明显地幻现于我的脑海之中。

我也想起我的朋友的一段事迹来告诉吴君和车夫。我说："有一次，一个朋友给我写信，告诉我他回家遇见狼的事情：他是从奉天安东县向家里走的，在甜草岗下火车的时候已是日落时分，因为想家心切，便在车站上借了一匹马，黑夜里向家走。那正是八月中秋的节气，他离了甜草岗的城市不远，月亮就从东方升上来。刚下过雨，地上还有很多的水。他骑在马上来走这四十里地的长途，的确是很不容易的。"我说到这里，车上的一匹马站住了撒尿，三匹马都停住了蹄子。车夫和吴君都注视着我，听这桩事情的结局。

"他骑的那匹马已经老了，走得很慢。它还带着一个驹子，跟在它的尾后。他自然很盼望早些到家——他用马鞭子打着它快走，但是没发生一点效力！"马已经撒完了尿，三匹马都走了，车轮声又震响起来。

"他走了二十里地，就进了一条大殓沟。这条殓沟有五十里地长，二十里地宽。那里头一个人家都没有，只有些乱七八糟的草垛，你们想一个人走在那里有多么可怕！"

"是！可怕！"吴君说。

"他遇着狼，也是在那里。"我接着说，"他正骑着马向前走，忽听后面的马驹子嘶叫，他回头看，没看着什么，他仍旧往前走；没走多远，马驹子又叫起来，他这番拉住马，仔细看时，却是一个大狼在马驹子后面尾随着。他心里立刻惊慌起来，用马鞭尽力打马两下，马虽是跑快了些，但是不上几步，马就慢了，狼仍然照旧跟着驹子。

"他吓得脑袋都有些发昏，鞍子旁边系着一个皮包，里面有火柴，他一面骑马跑着，一面俯身开那皮包的锁头，要拿出火柴来，点火吓狼。但是他越害怕，皮包也越开不开，他次次俯身下去，都是哗啦啦乱响。——可是就这哗啦啦的响声，也救了他的性命，因为每次锁头和钥匙作起响时，狼也就跑得远些。他不得已也只好拿这个吓吓狼，到了半夜，他进了村子，狼才不追赶他了。"

我们接连着又谈狼的别的问题，当天晚间，即到了拜泉县。

陈企霞（1913—1988），著名作家。1925 年入宁波甲
种商业学校。1932 年至上海，与叶紫共同创办无名文艺社，
出版过《无名文艺旬刊》和《无名文艺月刊》。历任全国
文联副秘书长、文协秘书长。1955 年因"丁玲、陈企霞反
党集团"冤案被错划为右派，1979 年获得平反，恢复名誉。
著有评论集《光荣的任务》，小说《狮嘴谷》《血的旗子》
《一个碾米厂的毁灭》《星夜曲》等。

狼　叫

陈企霞

　　我在电影上看见过狼。那耸起的耳朵，那露着的牙齿，那
凶恶的眼光。当镜头从正面对着观众的时候，使人们忽然像面
对着满脸横肉的强盗，禁不住打个寒噤，起着轻微的痉挛。

　　我也在都市的动物园里看见了狼。在围着铁栅的笼里，它
的情状是使人失望的——那种当人们看见一个不像真实的东西
那样的失望。它是那么畏葸，那么褴褛，甚至还没有一只狗来
得神气些。

　　有人说：狼是应当让它饿得发狠才会有狼的神气。我想这
也确实是有些道理的。不是吗？人们拿"饿狼"来做形容词，
恐怕已有很久了。

　　在这里，冬天的深夜，当雪地映着黑天，当北风吹过山岭，
一阵尖厉的叫声，以颤动的但并不孱弱的旋律，随着夜风的节

奏传到你的耳朵。

这声音给人以一种这样的感觉：想小心地听完它，同时又觉得从耳朵一直钻到心脏。像一股寒森森的利剑，它所要求的乃是弱小者的生命。有房子，有灯光，听了这声音虽不至于实际地害怕，但有时也会引起一些本能的恐惧。

如果当时恰巧送一个朋友出去，你一定会叮嘱他：当心狼吃了你呢！如果房子里正有三四个人在谈着话，一定会有人把所谈的话停了下来说：

"你听，狼又在叫了。"于是谈话立即转到狼的身上去。

关于狼的谈话，不外乎说它的残忍、厉害。譬如这样的说法，我以为很是动人的：说狼在田野里如果遇见孤独的行人，它会从行人的后面悄悄地走近，用两只前腿搭上人的肩膀。当人以为是别的人而回头过来时，它就会一口咬住你的喉咙。

狼是凶的。但我想如果残忍的野兽真的还有这样的"机巧"，那是太可怕了。

也就有人谈到对付狼的方法了：如果它从后面来，你切不可因为肩膀被拍而回头过去。要迅速用两手向后抱着它，用劲地摔，摔不死它，它也会跑的。以后，说话的人还会作出这样的忠告：狼是怕火的。记着，孤单的夜行人，担心遇着狼，不要忘记带火。即使擦一根火柴，也可以吓跑它的。

我由此想起一个朋友对我所说的他的经历：有一次夜里他在北方乡村里骑了驴子赶路，在山沟里迎面遇见了狼。驴子是最胆怯的东西，它一下就吓得站住不敢动了。望着那露着牙齿的野兽，他急出一身大汗，可是手里没有一根棍子、一件家伙。急得慌了，一只手摸着扣在皮带上的电棒，想摔过去拼一拼，却把电棒捻亮了。这一道光真像封神榜上的法宝，一下子狼就跑远了。他原是不知道狼是怕光的，自己还以为这次真是"大幸"呢！

一切在黑夜里活动的残忍的野兽，没有不怕光和火的。

自然，也就有人再谈起什么狼会装小孩哭声啦；狼捉猪是用嘴咬住猪的耳朵，一面用尾巴赶打着走的啦；狼跑到马房，马会大声打鼻子，而驴却成了不声不响等着被吃的傻子啦……这一切，虽然在一个有些联想力的人，也会从这些得到人世间某一类情形的比喻，但是究竟比较地是缺少些趣味了。

……再有人谈到，说二年三年以前，我们住的这带地方还是很荒凉，冬天夜半走路，常常会遇见狼的。而现在，连狼的叫声也渐渐远了。每次，人和狼的遇合，常常在这样情形下成了你和朋友谈讲的话柄……

我常常想起这些事情，当一个人听完了那拖长的、凄厉的狼的叫声。我体味那位朋友当时危急的窘态。我想象着暴风卷着狂雪的山野里，狼眼（大概总是发阴沉的绿色的吧）闪出那荧荧的火焰，那火焰带着残酷的凶狠的闪烁，穿过搅卷着雪片的旋风……

那，那正是饿狼的神气呀！

但是，我也能作这样的最后而肯定的想法：狼是有狼的世界的；人的世界在扩大，在狼是要悲哀的。

附录一

动物谈[*]

梁启超[**]

哀时客隐几而卧，邻室有甲、乙、丙、丁四人者，呫呫为动物而谈，客倾耳而听之。

甲曰："吾昔游日本之北海道，与捕鲸者为伍。鲸之体不知其若干里也，其背之凸者，暴露于海面，面积且方三里。捕鲸者剟其背以为居，食于斯，寝于斯，日割其肉为膳，夜燃其油以为烛，如是者殆五六家焉。此外鱼虾鳖蚝贝蛤，缘之嘬之者，又不下千计。而彼鲸者冥然不自知，以游以泳，俨然自以为海王也。余语渔者：'是惟大故，故旦旦伐之，而曾无所于损，是将与北海比寿哉？'渔者语余：'是惟无脑气筋故，故旦旦伐之，而曾无所觉。是不及五日，将陈于吾肆矣。'"

---

　* 本文原刊于 1899 年 4 月 30 日《清议报》，署名哀时客。

　** 梁启超（1873—1929），字卓如，号任公、饮冰室主人。广东新会人。20世纪初中国新旧交替时代著名政治活动家、启蒙思想家、教育家、史学家和文学家，戊戌变法领袖之一，民国初年清华大学国学院四大导师之一。梁启超学术研究涉猎广泛，在哲学、文学、史学、经学、法学、伦理学、宗教学等领域均有建树，以史学研究成就最大，被公认为中国近代史上百科全书式的人物；其著作后被合编为《饮冰室合集》。

乙曰："吾昔游意大利，意大利之历睥多山，有巨壑，厥名曰兀子。壑黑暗，不通天日。有积水方十数里，其中有盲鱼，孳乳充斥。生物学大儒达尔文氏解之曰：'此鱼之种，非生而盲者。盖其壑之地，本与外湖相连，后因火山迸裂，坼而为壑，沟绝而不通。其湖鱼之生于壑中者，因黑暗之故，目力无所用。其性质传于子孙，日积日远，其目遂废。'自十数年前，以开矿故，湖壑之界忽通。盲鱼与不盲者复相杂处，生存竞争之力，不足以相敌，盲种殆将绝矣。"

丙曰："吾昔游于巴黎之市，有屠羊为业者，其屠羊也，不以刀俎，不以苙缚，置电机，以电气吸群羊。羊一一自入于机之此端，少顷自彼端出，则已伐毛洗髓，批窾析理，头、胃、皮、肉、骨、角，分类而列于机矣。旁观者无不为群羊可怜，而彼羊者，前追后逐，雍容雅步，以入于机，意甚自得，不知其死期之已至也。"

丁曰："吾昔游伦敦，伦敦博物院，有人制之怪物焉，状若狮子，然偃卧无生动气。或语余曰：'子无轻视此物，其内有机焉。一拨捻之，则张牙舞爪，以搏以噬，千人之力，未之敌也。'余询其名。其人曰：'英语谓之佛兰金仙。'昔支那公使曾侯纪泽，译其名谓之睡狮，又谓之先睡后醒之巨物。余试拨其机，则动力未发，而机忽坼，螫吾手焉。盖其机废置已久，既就锈蚀，而又有他物梗之者。非更易新机，则此佛兰金仙者，将长睡不醒矣。惜哉！"

哀时客历历备闻其言，默然以思，愀然以悲，瞿然以兴，曰："呜呼！是可以为我四万万人告矣。"

附录二

胡适诗二首
胡 适[*]

老 鸦

一

我大清早起，

站在人家屋角上哑哑地啼。

人家讨嫌我，说我不吉利——

我不能呢呢喃喃讨人家的欢喜！

二

天寒风紧，无枝可栖。

我整日里飞去飞回，整日里又寒又饥——

---

* 胡 适（1891—1962），原名嗣穈，学名洪骍，字希疆；后改名胡适，字适之，笔名天风、藏晖等。安徽绩溪人。因提倡文学革命而成为新文化运动的领袖之一。历任北京大学教授、北京大学文学院院长、中华民国驻美利坚合众国特命全权大使、北京大学校长等职。胡适兴趣广泛，著述丰富，在文学、哲学、史学、考据学、教育学、伦理学、红学等诸多领域都有深入的研究，被誉为现代思想文化界最稳健、最优秀、最高瞻远瞩的哲人智者。

我不能带着鞘儿，翁翁央央地替人家飞，

也不能叫人家系在竹竿头，赚一把黄小米！

(《尝试集》)

鸽 子

云淡高天，好一片晚秋天气！

有一群鸽子，在空中游戏。

看它们三三两两，

回环来往，

夷犹如意——

忽地里，翻身映日，白羽衬青天，鲜明无比！

(《尝试集》)